偽装恋人として雇った友人が実は極上御曹司でそのまま溺愛婚!?

★

ルネッタⓁブックス

CONTENTS

プロローグ	5
第一章	32
第二章	81
第三章	116
第四章	145
第五章	181
第六章	222
エピローグ	260

Lunetta

プロローグ

梅雨入り間近な五月下旬の東京――。

その日、都心部に聳《そび》える帝王ホテルの三階の大広間で、これから婚約披露パーティーが行われようとしていた。

婚約を発表するのは、丸の内に本社ビルがある国内大手の旅行会社『ツキヤマツーリスト』の社長令嬢で、自身も本社に勤務して二年目の築山澄香《つきやますみか》と、彼女より五歳年上の上司で、イベント企画促進部の課長をしている小山内寛人《おさないひろと》だ。

ふたりの挙式は来月の予定だが、その前に寛人の部長昇進は決まっており、社長には澄香以外に子供はいない。寛人にはこの結婚によって次期社長の未来が約束されたも同然だった。

パーティーには社員を含めた会社関係者のほか、外部からも多く招かれている。

ツキヤマツーリストの社長令嬢の婚約だけあり、祝福する招待客の顔ぶれは錚々《そうそう》たるもので、まさに絵に描いたようなセレブのパーティーだ。

そんな会場の片隅で、スマホの画面を見つめている女性の姿があった。

肩まであるチョコレートブラウンの髪をまとめ上げ、妖艶なワイン色のパーティードレスを着た、一ノ瀬小春《いちのせこはる》――寛人の下でイベント促進課のチーフをしている、今年二十七歳になる才女だ。

控え目な顔立ちだが、意志が通う涼しげな目元がクールで凛《りん》とした印象を与える。

いつもは手抜きが目立たぬ程度のナチュラルメイクなのに、今日は気合いが違う。

この一週間、買い込んだファッション誌で研究を重ね、華やかなフルメイクを施したのだ。

これもすべて、初顔合わせとなる〝セレブでイケメンな偽装恋人〟に釣り合うため。

その男性は、小春が胸につけているものと同じ銀のバラのコサージュをつけ、彼女のドレスと同じ色のアスコットタイをしてくることになっている。

(さあ、すべてはあなたの腕とセンスにかかっているわよ、いっくん!)

〝いっくん〟とは、セレブ御用達《ごようたし》の大手ブライダル会社系列の婚活サロンで、結婚カウンセラーをしている男性だ。その界隈《かいわい》ではかなりの有名人らしい。

彼が手掛けたものは、成婚率も利用者の満足度も脅威の百パーセントを誇る、カリスマカウンセラーであるのだとか。

それを聞いたのは一週間前。結婚をしたばかりの元同級生、高山沙智《たかやまさち》との話題に出たのだ。

『いっくんよ、若宮維玖《わかみやいく》。覚えてない?　中学二年の時、小春が転校するまでの数ヶ月間、同じクラスだった。小春が熱心に面倒をみてた男子よ』

まるで記憶になかった。

彼は小春が親の離婚を機に転校する数ヶ月前に、小春のクラスに転入してきたという。

正直、あの頃は振り返りたい思い出ではなかったせいか、小春は名前を聞いてもぴんとはこなかった。沙智は小・中と同じ学校の友達だから覚えているが、他の生徒の記憶も朧《おぼろ》なのだ。

『私はセレブな知り合いがいないから小春の力になれないけど、彼なら親会社の持つ豊富なセレブ会員データの中から、小春の条件に合う男性を紹介してくれるんじゃない？』

条件とは、ツキヤマツーリスト以上の大企業に勤めている部長以上のエリートであること。

本人か実家がセレブなこと。

数時間限定で恋人のふりをしてくれること。

イケメンであれば理想的だが、小春自身、無謀な条件であることはわかっているため、その優先順位は低い。

小春は記憶にない同級生に望みをかけることにして、早速沙智から教えてもらった『マリッジサロン　ルミエール』に維玖を訪ねた。

眼鏡をかけた背の高い男性が現れたが、まるで思い出せない。

仕方がなく沙智が言っていたように「いっくん」と呼びかけると、彼が嬉《うれ》しそうにしたため、当時自分が仲良くしていた同級生であることは間違いないようだ。

そんな友達をまったく覚えていないということをひた隠しにして、困っている事情を切々と訴え、同級生のよしみで助けてほしいと頭を下げて懇願したのだ。

もし紹介してもらえたら、維玖が望むことは何でもすると。

維玖は小春の境遇を知ると同情し、小春のために動いてくれた。

そして――。

『協力者を確保できた。だけど彼は仕事に忙しく、きみと会うのはパーティー当日になってしまう。目印は、銀のバラのコサージュと、ワイン色のアスコットタイだ』

維玖の言葉に安心して、今日というパーティーを迎えた――はずだった。

だが今、いくら待っていても、待ち人は会場に現れない。

(なにか渋滞に巻き込まれているとか？　忙しいって言っていたから、急な仕事が入ってしまったとか？　しかもいっくんとも連絡がつかないのはなぜ……)

不安を抱えていると、ひとりの女性が会場に入ってきて、小春に声をかけた。

ショートカットとパンツルックがよく似合う、きりっとした美女である。

「……小春、会場の外にもいなかったわ、銀のバラのコサージュと、ワイン色のアスコットタイをつけた男性は」

小春の同期で営業部のチーフをしている木南《こなみ》多可子《たかこ》だった。

肩を落とす小春を見て、多可子はため息をついて言う。

「ねぇ、そもそも……そのいっくんっていう男、本当に信じられるの？　騙《だま》されたんじゃない？」

多可子には、同級生のいっくんという情報のみで、進捗を話していた。

「騙されていないと思う。とても親身になってくれて、すごく心強くてありがたかった。心から信頼できると思ったの」

小春は維玖を訪ねた、最初の日のことを思い出す。

『あの……わたし、中学の同級生だった一ノ瀬です。中二の途中で、誰にも言わずに急に転校しちゃったんだけれど。〝いっくん〟……わたしのこと覚えてる？』

恐る恐る尋ねてみると、維玖は眼鏡を外して柔らかく笑った。

『もちろん！　忘れるはずがないじゃないか。一ノ瀬小春さん、会えて嬉しいよ』

小春が思っていた以上に、維玖は再会を喜び、中学時代の思い出話をしてきた。

『クラス対抗のバスケ大会あっただろう？　優勝目指して毎日猛特訓したことは今でも夢で見るよ』

『担任だった山田《やまだ》先生を覚えてる？　今は愛知県の学校で校長をしているとか』

なんとなく覚えがある気はするが、維玖に関してはすっぽりと記憶が抜け落ちたままだった。

こんな薄情な自分を知られて、維玖に背を向けられたら困ると焦り、適当に話を合わせた。

『ウン、オボエテルヨー』

『タノシカッタネー』

そしてすぐに本題を切り出した。

『実は……お願いがあるの。大至急、セレブな男性を紹介してもらいたくて』

維玖は小春の葛藤《かっとう》に気づかない素振りで、真剣に事情を聞いてくれた。

無茶《むちゃ》な要求なのに、万事任せてくれと言ってくれたのだ。

あの時、どれほど嬉しかったことか。

その後の仕事を通した維玖の言動からも、彼の誠意や頼もしさを強く感じて、次第に懐《なつ》かしさにも似た安心感が胸に広がった。彼のことは信じられると思ったのだ。

そんなことを思い出している小春に、多可子は苦笑した。

「そっか。だったら、いっくんからの〝刺客〟を待つしかないわね。あんたの代わりに、あの最低最悪カップルにダメージを与えてくれる……」

腕組みをした多可子が顎で示した先には、澄香と寛人がいる。

学生時代、ファッション誌の読者モデルをしていたという澄香は、入社時から悪目立ちしていた。逆玉《たま》の輿《こし》を狙う男性社員を取り巻きにして、面倒臭い仕事はすべて彼らに丸投げするのだ。

当然ながら女性社員たちからはブーイングで、澄香は孤立した。イベント促進課はチームワークが乱れては仕事が進まないため、小春が仕方なく教育係となり、社長令嬢という贔屓《ひいき》目抜きにして指導にあたった。

時に厳しく、時に熱意を込めて接して当初よりも少しはまともな……使える社員にしたはずだった。

そして一週間前のことだ。

『一ノ瀬チーフ、私……来月、帝王ホテルで結婚することになりました。差し当たっては来週の土曜日に、同ホテルで婚約披露パーティーをするので、是非来てくださいね。これ招待状です！』

皆の前で招待状を手渡された。

小春は招待状に書かれた相手の名前を見てぎょっとした。

小春と付き合って四年目になる恋人、寛人だったからだ。

三ヶ月前、仕事が忙しくて会えない日々が続くから、仕事が落ち着くまで距離を置こうとは言われたが、別れた覚えもない。寝耳に水の話だった。

慌てて寛人に話を聞きに行くと、周囲を気にした様子で実にいやそうな顔をして小声で言った。

『付き合っていたのは社内では秘密にしていたし、澄香に誤解されたくないから、彼女面はやめてくれ。距離をおこうと言ったのは、別れたいという意思表示だと察していると思ったのに』

豪快さが魅力だったはずなのに、こそこそするこの男は誰だろうと、小春は呆然《ぼうぜん》とした。

『胸に傷持ちのお前を変えて夢見させてやったんだし、チーフにも引き立ててやっただろう。それだけで満足してくれよ。俺は上に行く人間だ。人生のパートナーは俺に相応《ふさわ》しい女にしたいんだ。澄香のおかげで、俺は次期社長になれる。おめでとうと快く喜べよ』

小春の胸には、中学時代に怪我《けが》をした時の傷が残っている。

誰かを庇《かば》ってどこかから転落した際、落ちていた枝が突き刺さったらしい。高熱を出して生死の境をさまよったそうで、事故の時の記憶は曖昧だ。

小春の中では記憶がなくとも、誰かを救ったという名誉の勲章であるが、醜い傷ができてからは温泉など人前で傷を晒《さら》すような場所は行くことができなくなった。

当然ながら寛人とのセックスも最初は躊躇《ちゅうちょ》したが、寛人は傷持ちでも愛してくれた……と思ってきたが、どうやら『哀れな女に夢を見させてやった俺、最高』タイプの男だったようだ。

上昇志向の彼の野心には気づいていた。少しでも恋人として彼の役に立ちたいと、面倒な仕事を引き受けて彼を裏で支えていた。彼の早い出世を目の当たりにしても、小春には恩を売りたい気持ちはまったくなく、彼の実力が認められたからだと心から喜び、寛人を賞賛して尊敬してきたのだ。

四年経《た》ってようやく気づいた。自分は彼に利用されていただけだと。

『澄香と結婚できれば、頑張らなくても俺はこの先、確実に社長になれるんだ。お前と違って金がかかる女だが、見返りがあるから金を出す価値はある。若くて美人で、見栄《みば》えもいいしな』

寛人はいつもハイブランドを身につけ、実家も金持ちだと自慢されたことがあったが、小春の誕生日やクリスマスなどに豪華なプレゼントをされたことがない。小春自身も高級品に興味がなく、プレゼントされた花の方が嬉しくて、それでいつも愛を感じて幸せに浸っていた。

てっきり寛人は小春が喜ぶプレゼントを用意してくれていると思っていたのに、金をかける価値があるかを重要視していたらしい。また、小春との付き合いを公《おおやけ》にしなかったのも、彼の女だと自慢するには見栄えがよくなかったからのようだ。

やがて皆の祝福を受けていた澄香が、小春たちに気づいてやってきた。

澄香は無邪気な笑顔で、爆弾を投げて寄越《よこ》す。

『お腹《なか》に彼との子供がいるんです。妊娠三ケ月です。可愛《かわい》い赤ちゃんを産みますね』

ゆっくりと愛《いと》おしむように、まだぺちゃんこなお腹を撫《な》でる指には、大きなダイヤの婚約指輪が光っている。

三ヶ月前——それは寛人が距離を置こうと言い出した頃だ。

澄香が仕事でしでかした大きなミスの尻拭いと、寛人によって新プロジェクトのリーダーに抜擢《ばってき》されて、日々忙殺されていた。

その間、ミスをした澄香と忙しくさせた寛人が、子作りをしているとは思ってもみなかった。人間、思ってもいなかった手痛い裏切りを受けると、四年をかけて築いてきた愛も信頼も一瞬で消え去り、嫌悪感しか残らなくなるものらしい。

寛人が異世界の住人のように思えた瞬間から、寛人に対する愛情も上司としての尊敬も、すべてが抜け落ちて、すっと心が冷えてしまった。

勝手にやってくれ、関わりたくない……小春は心からそう思ったのだ。

小春が動じず、悟りきった無の境地にいることを知り、澄香は小声で小春を煽《あお》った。

『寛人さんって情熱的なイケメンですよね。チーフより私の方がいいって、何度も奥まで注ぐから、すぐデキちゃいました。ずっと満足できなかったんですって、チーフの身体には』

悪意に満ちた卑陋《ひろう》なその囁《ささや》きは、彼女が小春の存在を知っていて寛人を寝取ったことを示唆していた。

『これでわかりました？　社長の娘である私に意見するなんて身の程知らずだっていうこと』

教育係としての厳しい指導を根に持っていたのだろう。だから寛人を奪ったのだ。

寛人に未練はないにしても、そんなことで逆恨みする澄香には怒りを覚えた。

しかしここでカッとして手を出してしまえば、途端に澄香は悲劇のヒロインと化すだろう。

小春は、澄香の幸せを妬《ねた》んで妊婦に暴力をふるった女だというイメージを強められるだけだ。

それだけの狡猾《こうかつ》な悪意があることを、小春は感じ取ったのだ。

それにどんな女であれ、妊婦に手出しはしたくない。

マウントはいちいち真に受けて動じず、相手以上の幸せを誇示して無力化するのが一番効果的。

このまま流してもいいが、上司として女として、どうしても彼女の鼻をへし折ってやりたかった。

小春は笑みを浮かべて言った。

『それはダブルでおめでとう。お幸せにね。あなたの幸せに後押しされて、わたしも真剣に……求愛してくれていた男性の手を取ることにしたわ』

などと、自分には他に言い寄ってくれる人がいると、見栄を張ってしまったのだ。

それは小春を簡単に捨てた寛人へのささやかな意趣返しでもあった。

だが澄香も寛人も、それは小春の強がりだと見抜いたらしい。

薄ら笑いをする寛人に唇を噛《か》みしめた時、澄香がにこやかに言った。

『それならパーティーに連れてきて、紹介してくださいよう。皆で祝福したいじゃないですか、チーフと真剣交際を始める恋人さん。あ、もしや……尻込みさせてしまいますか、セレブ客ばかりいるから』

ここでも地味にマウントを取る澄香は、ふふんと鼻で笑うと、小春の耳元に囁く。

『それとも……そんな恋人など始めからいないのだと、認めてしまいます？』

そのため、小春はカッとして言ってしまった。

『わかったわ。だったらパーティーで彼を紹介するわね。多分彼なら、そうした席に慣れていると思うから』

引くに引けなくなった小春は、セレブが集うパーティーで見劣りしない偽恋人を、たった一週間で見つけないといけなくなったのだ。

困り切っていたちょうどその時、中学時代の同級生の沙智から連絡がきた。

小春が転校してからは疎遠になっていたものの、半年前に偶然デパートで再会したことで、月に一度くらいだが連絡をとるようになっていたのだ。

沙智が長い婚活歴の末に結婚したことを聞いていたため、セレブの知り合いがいないかどうかを含め、相談に乗ってもらうことにしたのだ。

そして現在――。

「小春。やってくるよ、あざといマウント令嬢が。あんたから寝取った男を連れて誇らしげに」

多可子の冷たい言葉を耳にしながら、小春は偽恋人が来ていない状況に焦っていた。

(急な仕事が入ったとか、渋滞に巻き込まれたとかで逃げるしかないか……)

「一ノ瀬チーフ、ここにいらっしゃったんですね。随分と探しましたよ。あ……木南チーフもご一緒でしたか」

名指しされた多可子は、わかりやすく眉をひそめた。

「来てほしくなかったって、顔に書いてあるわね。そりゃあ社長令嬢の婚約パーティーなら、社員としては来なくちゃならないでしょう。どんなに来たくなくても強制参加させられるもの」

澄香は当初、多可子のいる営業部に配属された。

ところが、澄香が営業先の既婚担当者と恋愛トラブルを引き起こしたため、キレた多可子が部長に掛け合い、澄香は別部署に異動となった。その異動先がイベント促進部であり、結局は澄香を送り込んだことで小春の幸せを壊すことになったため、多可子の澄香に対する怒りは相当なものだった。

さらに多可子は、小春が寛人と付き合っていたことを知る唯一の友達であり、自分の野心のために小春を裏切った寛人にも激怒していた。

「お似合いですね、おふたり。教育係の上司から彼を寝取ってマウントとる非常識女と、出世したいがために長年の恋人を捨てて、喜んで寝取られた男のカップルなんて」

寛人の片眉が不愉快そうに跳ね上がるが、なにも言い返さない。

「きっとすぐに破滅のカウントダウンが始まりますよ。部長を支えられる女は誰か……少なくとも若さと肩書きしか取り柄がない小娘ではないことは間違いない」

「ひどい！」

澄香が泣き真似《まね》をしていると見抜いた多可子は、冷ややかに言う。

「あら。それ以外の取り柄はあったの、あなた。お父様の会社になにか貢献した？　私が知る限り、会社を存亡の危機に晒《さら》すほどの大ミスをして、小春に助けてもらったことくらいしか目立ったことはしていないはずだけど」

多可子は妊婦が相手であろうと容赦ない。怒りの衝動を抑えて言いたいことも言えない小春のために、余計に辛辣だった。

「仕事ができて皆から慕われる小春を出し抜き、社内一のエリートイケメンを手に入れられて、気分よかったでしょうね。だけど、報いは自分に返ってくる。気をつけることね。一般的に男って一度浮気をすると繰り返す生き物だと聞くから」

「寛人さんはそんな男じゃありません！　ちゃんと私を愛してくれて……」

「愛なんて、姑息《こそく》な誘惑の前には無にも等しいことを、あなたが証明したんじゃないの、小春に」

澄香は多可子の凄《すご》みにぐっと言葉を詰まらせたが、すぐに小春に向き直って言った。

「でも一ノ瀬チーフは幸せな愛を見つけたんでしたよね。紹介してください、セレブな恋人。寛人さんも気になるでしょう？」

するると寛人は曖昧に笑って頭を掻《か》くと、小春に言う。

「もういい加減、嘘《うそ》だって認めて澄香に謝った方がいい。大ごとになって困るのはきみの方だぞ」

（誰が誰になにを謝れと？）

哀れんだ目を向ける寛人に、澄香はくすくすとした高慢な笑いを響かせて言った。

「寛人さん、その言い方は可哀想ですよ。せめて信じて……本当のことにしてあげましょうよ」

そして澄香は声を張り上げた。

「もう少しでいらっしゃるんですね、お会いできるのが楽しみですぅ！　ハイスペックな恋人さん！」

無邪気を装うその声に誘われて、やって来たのは澄香の父の社長だ。

小春が入社した時は彼の兄が社長をしており、社内ではその人柄に感化されたようにアットホームな雰囲気に満ちていた。社員も今より協調性があり、もっとやる気があったように思う。

小春が入社した二年目で前社長が急逝した直後、澄香の父が社長としてやってきて、社内改革をした。確かにそのおかげで会社は大きくなったものの、社長のワンマン気質が社内の空気を変え、主体性を持って仕事に取り組む社員が少なくなってしまった。

陰で社長を悪く言いながら、その娘に媚《こ》びる多くの社員たちを遠目に見ていた小春は、この会社の未来は本当に大丈夫かと思うことも多々あった。

「楽しげな声が聞こえて、皆が集まっているが……なにを話していたんだ？」

社長は表向きにこにこと気さくだが、権力志向で裏では随分とあくどいことをしていると聞く。

招待客の顔ぶれを見れば、各界に幅を利かせてきたのだろう。

小春と多可子が社長にお祝いの言葉を述べた後、澄香が社長に腕組みをして言った。

「あのね、パパ。私の大好きな一ノ瀬チーフが真剣交際をしている方って、すごくセレブらしいわ。その方もこのパーティーにお招きしたから、パパも一緒に挨拶してね。なんでもこうしたパーティーに慣れていらっしゃるとか」

澄香が父親を巻き込み、小春を追い詰めてくる。

「ほう、それは興味深い。きみのお相手はどんな男性だい？　私も知っている方かな？」

（どうしよう……。「名前はおろか、まだ顔すら見たこともありません」なんて言えないし。

社長にどう返答をしたらいいの？）

「チーフ？　黙っていると……そういう相手がいないと思われてしまいますよ？」

わざとらしく聞いてくる澄香の唇が悪魔のように吊《つ》り上《あ》がり、小春の唇が戦慄《わななな》いた瞬間だった。

静まり返っていた会場内のざわめきが大きくなり、背後から靴音が近づいて来たのは。

社長も澄香も寛人も、音が鳴る方を訝《いぶか》しげに見つめる。

そして多可子もそちらを見て、慌てて小春に耳打ちした。

「こ、小春、来た……。銀のバラのコサージュ、ワイン色のタイ！」

小春は心の中でガッツポーズをした。

仮に外見が想定以下であろうと、セレブな恋人が実在していることを示せれば今はそれでいい。要は寛人を奪われてもちっとも堪えておらず、澄香のマウントなど無意味だということを、悪趣味なこのパーティーで証明できれば。

それだけでいいのだ。その後のことは、それから考えよう。

……と思うものの、小春の後方を見つめる観客が固まっているのが妙に気になる。

「あの顔、経済誌で見たことある。もしかして……」

珍しく多可子が動揺していた。

（……一体なに？　そんなにすごい人が来たの？）

小春が振り返ろうとした寸前、すぐそばまで来ていたその人物は、小春の肩を抱いて隣に立つ。

「待たせてしまってごめん、小春」

その艶《つや》やかな声に聞き覚えがあり、小春が訝しげに隣にいる長身の男を見上げた。

中性的で優しげに整った端麗な顔立ち。

照明の真下でより成熟した生彩を放つ、ワインレッドよりも濃い紫赤色《バーガンディー》の柔らかな髪と瞳が、上品で落ち着いた男の貫禄《かんろく》を醸し出している。

光沢ある濃灰色のスーツ姿がまるでモデルのような美貌の男は、小春のドレスとよく似た色のアスコットタイと、小春と同じコサージュを胸につけていた。

それは――。

「い、いっくん!?」

婚活サロンで何度も顔を合わせて相談をしたカウンセラー……維玖本人だったのだ。

「驚かせてしまったかな。でも小春。皆の前なんだから、維玖って呼んでくれよ」

維玖は魅惑的な笑いを見せながら、小春の頬《ほお》を指で撫でる。

すぐにちゅっとキスをされそうなくらい、維玖の目は熱を帯びて甘い。

（な、なんで彼がここに!?　もしかして派遣するセレブが来られなくなったから、責任感じて慌てて代打で登場とか？　しかもこんなラブラブオーラを放つなんて、カウンセラーってここまでやる演技派の職業なの？　それともカリスマは普通とは違うの？）

維玖は小春の腰をぐいと引き寄せ、親密な付き合いを周囲に見せつけつつ、混乱の極みにいる小春の耳元に囁いた。

「きみの希望を叶《かな》えてあげる。大丈夫、俺を信じて」

（いやいや、信じるもなにも……セレブが集まるパーティーに、イケメンな結婚カウンセラーが、眼鏡を外して堂々とやって来たところで、なにひとつ解決するものなどないから。そもそもあなたは、客の希望にマッチする相手を手配する側の従業員じゃないの）

そんな小春の騒がしい心の声などお構いなしに、維玖は社長に優雅な挨拶をしてみせる。

「若宮維玖です。恋人の小春がいつもお世話になっております」

（物怖《ものお》じせずに本名を告げたところで、「お前誰よ？」のアウェイ感が強まるだけよ。押せばいけるところじゃないのよ！）

ところが社長はすぐ、予想外の反応を見せた。

「あなたは……若宮総帥の……」

「はい、次男の維玖です。式典で名刺を交換して以来ですね、お久しぶりです」

すると社長は上体を九十度に曲げて、上擦った声で言った。

「ご、ご無沙汰しております。いらっしゃるとは聞いておらず、とんだ失礼を……」

「こんな若輩に、そんなにかしこまらないでください。このたびはお嬢さんのご婚約、おめでとうございます。そして私までパーティーにお招きいただき、至極光栄です」

「いえ、こちらこそ、ご臨席いただきありがとうございます」

あの社長が維玖に平身低頭だ。それだけではなく、維玖を取り囲んで話しかける招待客も、どこか維玖に気を遣いながら談笑していた。

(これは……なに？　どんな奇跡が起こったの？)

小春が呆然としている時、多可子が小春を肘で突いて耳打ちする。

「……なんでいっくんのフルネーム、私に言わなかったのよ。あんたがいっくんいっくんって言うから、そこらへんにごろごろいる、ただのいっくんだと思っていたじゃない」

「そ、そんなこと言っても……。いっくんはいっくんだし……って、このいっくん誰よ？」

動揺しているために会話がおかしい状況だったが、多可子は気にせず説明した。

「若宮家は、あんたが行ったマリッジサロン　ルミエールや、その親会社『ルミエール・マリアージュ』を始めとしたルミエールグループ創立者の一族よ。ルミエール本社の社長が長男、次男は副社長で、ルミエール・マリアージュを含めたブライダル担当のはず」

「……ごめん、理解が追いつかない」

維玖は婚活サロンで、カリスマ結婚カウンセラーをしているのだ。

しかも数ヶ月とはいえ同級生だった中学校は、良家の子女が通うような名の知れた私立校ではなく、一般的な公立校だ。

「いい？　彼は日本屈指の巨大グループの御曹司。セレブ中のセレブ！　簡単に言えば、うちの社長以上で、うちの部長も寝取ったメス猫も、彼の足元にも及ばない真性セレブよ」

多可子の声は聞こえていないはずだが、寛人は維玖を見て圧倒されたのか、固まっていた。

澄香は維玖と寛人を見比べた後は、悔しさを滲《にじ》ませた顔で小春を睨《にら》みつけている。

「大体あんな超絶イケメン、一般人なわけないでしょう？　見るからにただ者ではないオーラを出している彼の存在無視して、なんで他の男を探させたのよ。信じられないわ」

（それを言うなら、そんな人が系列会社でカウンセラーをしていたこと自体が、信じられないんだけど）

「あんたの目は節穴……だよね、だからこんな状況なんだし」

ため息をついた多可子が促す先には、寛人がいる。

「う……。眼鏡かけてかっちりしていたし……」

「眼中外だったということね。ワイルド系の部長とは真逆の甘い王子様系の美形だものね。ほーら、いっくん王子が幸せなお姫様を迎えに来たようよ」

多可子の言う通り、人波を掻《か》き分《わ》けて維玖が戻ってきた。

「小春、このパーティーの主役はどこ？　俺、挨拶をしたいのだけれど」

「さっきからそこに……」

維玖に光を奪われて、モノクロ写真のように影になっている寛人と、維玖の美貌を舐《な》め回すように見ている澄香を指さした。

「彼らだったのか。気がつかなかったよ」

維玖はまず、忌々しげな顔を見せる寛人の前に立つと、握手を求めた。

「初めまして、若宮です。このたびはご婚約、おめでとうございます」

そして目映《まばゆ》い笑顔を見せると、握手をためらう寛人の手を強く握り、彼の耳元になにかを囁く。

顔色を変える寛人の横で、澄香がお得意の媚びた上目遣いをして、維玖に言った。

「澄香です。いつもチーフにはお世話になっていて……」

「ああ、きみが……身体を張って、難あり物件を自ら引き取ってくれた健気《けなげ》な新人さんか。きみのおかげで俺は小春と幸せなんだ。俺たちの愛を応援してくれてありがとう」

「え……」

猛毒を含んだ皮肉の意味がわかるからこそ、澄香の顔は引き攣《つ》っているのだろう。

男からちやほやされることに慣れている澄香にとって、初対面でここまで敵意を向けられたのは初めてのはずだ。

(礼儀正しいカウンセラーだと思ったけれど、中々に素敵な性格をしている御曹司だったのね。多可子がばんばんとわたしの背中を叩《たた》いて笑いを我慢している。痛い……)

「それと小春から、俺という恋人がいることを、きみや他の社員さんから信じてもらえていないかもしれないと相談されたんだけれど、ここで宣言させてほしい」

そして維玖は手を伸ばして小春を引き寄せ、その顔を自分の胸に押し当てて言った。

「俺は小春を愛している。長く恋い焦がれてきた末に、ようやく手に入った愛おしい女性なんだ。彼女を傷つけるものは全力で攻撃するし、彼女が守りたいものは全力で守る」

その力強い宣言は、強い包容力に満ちて熱が入っていた。

これが演技ではなく維玖の本気の言葉だったら、彼に愛された女性はどれだけ幸せだろう。

偽りだとわかっている小春ですら、その頬は溶けそうなほど熱くなり、速い鼓動が静まらない。

そんな小春を見て、澄香は悔しげな顔をしてからすぐに微笑《ほほえ》み、維玖に拍手をした。

「うわー、凄いです。こんな劇場型の告白って初めて見ました」

小春がこんな極上御曹司に愛されて、自分よりも幸せなことを意地でも認めたくないらしい。

維玖の告白を本気ではないものとして、無邪気なふりをして馬鹿にしたのだ。

（社長がぺこぺこしている相手に、よく真っ向から喧嘩《けんか》売れるわ。空気が読めず、立場の違いというものがわかっていないからどこまでも強気に出るんだろうけど）

「裏でどんな取り決めがあって、若宮さんがそうおっしゃるのかわかりませんが、チーフは気分いいですよね。このパーティーの主役である私たちより目立てて。承認欲求は満たされましたか？」

（承認欲求のカタマリのあなたが、わたしに言う⁉）

「だけど逆はどうなのかしら？　男性にとってもパートナーはご自分のステータスになるから、誰を選んで公表されるのかは吟味された方がいいですよ。最低限、若さか社長令嬢のような立派な肩書きぐらいないと」

セレブたちの前で、小春をパートナーとして紹介するのは、維玖にとって恥ではないかと言い放ち、同意を求めたのだ。当然招待客は微妙な顔をして返答に詰まっているが、それを気にする澄香ではない。勝手に同意と受け取っているらしく、ふふんと勝ち誇った顔をしている。

（この場ではわたしを貶《けな》すことが、公然と若宮家の御曹司を馬鹿にしていることになるのだって、なんで気づかないかな。ここまで空気が読めない子だったなんて……）

維玖は気まずさに静まり返っている場の中で、輝かんばかりの笑顔で返答した。

「若さは誰もが通るひとときのもので特別ではないし、その社長令嬢という肩書きは、そんなに立派かい？　立派なのは社長として頑張ったお父さんの方で、きみはその娘として生まれただけだろう？　それともそれに見合う素晴らしい働きをしてきたとか？　それなら是非、お聞かせ願いたいね。同じく立派な親を持つ俺も、見習わないといけないから」

「え？」

澄香の顔が引き攣った。

（藪蛇《やぶへび》……。言えないよね。トラブルしか起こしてないもの。ああ、多可子が馬鹿ウケして、わたしの腕をつねって笑いを堪えてる……。つねるなら、自分のお肉にしてほしいわ）

維玖は、すぐに返事ができない澄香を深追いせずに、続けて聞いた。

「澄香さん、俺の存在は、きみたちへの当てつけに急遽《きゅうきょ》用意された〝偽装〟だと思ってる？」

話題が変わった途端、澄香は活力を取り戻す。

「偽装でなければ、チーフと本気で結婚するんですか。御曹司がただの庶民となんて……」

「庶民って……今どき、おもしろいことを言い出すね。社長令嬢のきみだって、セレブ気取りのただの庶民に本気だから結婚するんだろう？　そうではない理由があったのか？」

維玖の含んだ物言いに、澄香は妙に焦った。

「ち、違います！　大体、若宮さんと私は格違いだし……」

格違いなのに、同じ土俵から口出しする矛盾に気づかぬ澄香に、維玖は冷ややかに言った。

「そうだと思うのなら、俺が誰を好きでどう愛を伝え、誰を恋人として公表するかは、きみには関係ない。一切の口出しも小春へのマウントも不要だ。それぞれが選んだ相手と幸せになろう」

「……っ」

「納得していない顔だな。まるで俺が彼女に相応しくないと言いたげだな」

（逆だって、逆！）

「だったらこう言おうか」

維玖は気色ばんだ顔のまま、周囲に向けて高らかに宣言したのだ。

「ただ今から小春さんは私の正式な婚約者とし、私の本気の証明として来月六月五日の午後二時、ルミエール・マリアージュのチャペルで挙式だけを執り行います。急な話で申し訳ないが、招待状をお送りしますので、現時点でご参列いただけそうな方はお名刺をいただきたい」

場がざわめいた。

（なにを言っているのよ。話がややこしくなるじゃない！）

これなら本当に結婚することになってしまう。しかも澄香の招待客をまるごとゲストにして。

慌てた小春が維玖の腕を引いて澄香から少し離れたところに連れ出し、小声で維玖に言った。

「そこまでしなくてもいいのよ。後はわたしがなんとかするから撤回して」

「あの手の女はなんとかならないよ、この先も。俺たちの関係が嘘だとわかって自尊心が回復するまで、ずっと付け狙うだろう。この場限りで解散して中途半端に終わらせてみろ。今まで以上にきみの環境は苦しくなる」

「でも！　あなたがわたしにそこまでする義理はないから。あなたの正体は予想外だったけれど、わざわざこうして恋人役を演じて澄香をやりこめてくれただけで、私の心はすっとした。だから……」

「俺の存在は、きみの役に立ったということ？」

維玖は美しい顔を傾けて尋ねてくる。

「ええ、もう十分すぎるほど。だからもう依頼は円満終了ということで……」

維玖は笑った。どこか黒い笑みで。

「だったら、今度はきみが俺の希望を叶える番だ。覚えているだろう、俺への報酬」

もちろん、覚えている。

『同級生のよしみで助けて欲しいの。もし紹介してもらえたら、あなたが望むことは何でもする。お願い、この通り。困っているの、助けて！』

そう拝み倒したのだから。

「ま、まさか……何でもすると言ったこと？」

「そのまさか。俺の希望を叶えてくれないのなら、契約不履行ということで、残念ながら俺はきみに雇われたんだって、ここで白状することになるけど」

なぜ、味方であるはずの維玖に脅されることになるのだろう。

「俺は現場の目線からルミエール・マリアージュをよりよく改善したくて、副社長をしつつも系列の婚活サロンでカウンセラーをしている。今度は挙式を体験してみたいんだけど、恋愛感情がない相手に本気にされたくない。それに俺なら立場上、会社のために模擬挙式をしたということで、後日参列者を納得させられるけれど、きみは俺を雇われ旦那様にするのはいや？」

誘惑めいた妖艶な流し目を寄越され、小春は思わずどきりとする。

(優しさなのか本心なのかわからないけど、そんな言い方はずるい……)

「い、いやではないけど、わたしが相手だったらいくら偽装でも不釣り合いというか……」

「……ほう。つまりきみは、あの社長令嬢の言葉に共感しているのか。だったら俺がここにいる意味はないね。報酬に俺の願いも聞いてくれないし、真実を告白してきみの恋人役から降りるよ」

「待って。それは待ってよ！」


こうして、困り果てた小春は維玖の結婚宣言を受け入れることになった。

「澄香さん。俺たちは予定を前倒しして、あなたたちより早く挙式することになるけれど、是非とも小山内部長と、簗山社長とともに参列してほしい。招待状はすぐに送らせてもらうから」

余裕を見せた維玖の振る舞いは、芝居だと思えない。

元同級生の危難を助けるためであれ、澄香たちが気に食わないためであれ、どう考えても維玖が小春と本気で結婚する義理もメリットもない。彼だってそこまでお人好《ひとよ》しではないはずだ。

言動に妙なリアリティがあるのは、彼がカウンセラーとしても結婚というものに触れてきたからだろう。知識が誰よりもあるから、堂々と振る舞えるのだ――小春はそう思うようにした。

そして澄香は、今でも小春が自分よりも恵まれた結婚をするはずがないと思っているようだ。

「わかりました。たった二週間ほどの準備で挙式が本当に行われるようにと祈りつつ、参列できるのを楽しみにしています。ね、寛人さん？」

「あ、ああ……」

寛人は、どこか浮かない顔をしている。

「へぇ、なかなかいい根性してるわ、いっくん。昔のことを覚えていない小春相手に」

多可子はなにやら勘づいたようだが、小春はそれがなにかはわからない。

（もうこうなってしまったら、彼の顔を立てるためにも、開き直って偽装結婚するしかないけれど、澄香は納得するのかしら。なんかもう、いっくんの立場ばかりが気になって、澄香なんてどうでもよくなってきたような……）

そう思いつつ、小春は維玖の隣でぎこちない笑顔を見せていることしかできなかった。

完全に主役が入れ替わった婚約披露パーティーは、維玖のおかげで話題の中心がすり替わり、小春は澄香と寛人に口惜しさを植えつけることができて、ひとまずせいせいした。

しかしそんなひとときの自己満足と引き換えに、激動の一週間を過ごして本当の挙式をすることになろうとは、この時の小春は思ってもみなかった。

第一章

早い梅雨入りをしたその日は、鈍色《にびいろ》の空が広がり、重い湿気に包まれていた。

住んで七年になる築三十年の小春のアパートなら、カビ臭さに憂鬱になる季節なのだが、小春はここ数日、そんな悩みとは無縁の快適空間にいた。

広々としたリビングには高級家具があり、大きな窓からは雨が降り始めた東京を一望できる。

まるでホテルのようなハイタワーマンションの一室にいながら、小春の顔は晴れることなかった。

雨のようなシャワーの音を聞きながら、ソファに腰かけた彼女はぼやいた。

「どうして、こうなった……」

小春は、寛人と澄香の婚約披露パーティーの後からの日々を振り返った。

まず寛人が、パーティーがあった夜にメッセージを送ってきた。

『本当にあの男と結婚するのか？』

『いつから知り合ってたんだよ、二股をかけていたのか？』

澄香と浮気したことを詫《わ》びるどころか小春を責め、さらに意味不明なことを連投してきた。

『俺は澄香に騙されたんだ。お前のところに戻るから待っていてくれ』

まったく理解不能だった。

寛人より格上の維玖が小春を伴侶に選んだから、隣の芝生が青く見えたのだろう。

小春が「うん、御曹司と結婚しないであなたを待っている」とでも言うと思っているのだろうか。

澄香との子供はどうするのだろう。小春のように簡単に捨てるつもりなのだろうか。

質問はおろか、返事をすること自体馬鹿らしく、小春は彼とのすべての連絡手段を消去した。

そして翌日スマホを新しいものに買い換えて、スーパーの夕市で食料を買って家に戻り、ドアを解錠していると、突然寛人が現れた。

「話がしたくて待っていた。とりあえず中に入って語ろう」

日曜日のこの時間、いつも夕市に行くことを知っているから、居留守を使えないように、外で待ち伏せしていたらしい。

なぜ今も部屋に入れてもらえると思っているのだろう。

自分はよほど、寛人から都合よく見られていたのかもしれないと嘆きつつ、こちらには話がないからもう二度と来ないでくれと突っぱね、彼の横を通り過ぎて中に入ろうとした。

しかし寛人は、小春を無理矢理抱きしめ、復縁を迫ったのだ。

「好きなんだ、お前だけだ。元に戻りたい」

小春は嫌悪感にざわっとしながら寛人を突き飛ばして転倒させると、彼には愛情も未練も恨みもなにもない、どうでもいい存在になったことを冷ややかに告げた。

「今までありがとうございました。これからはお互い、幸せになりましょう」

小春は急いで家の中に入ると、鍵とチェーンをかけた。

寛人への愛情がなくなったのに、不意に楽しかった出来事が脳裏によぎる。

愛していた時期もあったと思えば涙が出てきたけれど、その愛を完全に過去系にした小春は、彼との思い出すべてに蓋をして、前を向こうと改めて決意した。


心新たに仕事を頑張ろうと出勤した翌日、月曜日。

家の前で寛人に抱きしめられた時の拡大写真が廊下に貼られていた。

しかも小春の手にある買い物袋が、寛人のための食事作りをしようとしていたようにも見えて、実に意味深で悪意ある写真に出来上がっていたのだ。

「ひどい……！　チーフ……若宮さんと結婚しようとしているのに、寛人さんにも手を出していただなんて。寛人さんには私も子供もいるのに！」

いくら弁解しても澄香は聞く耳を持たず、寛人も本当のことを話さない。

バツが悪そうに言《い》い淀《よど》むだけのため、ますます小春に疑いがかけられた。

「寛人さんが自分から浮気をしようとするはずがないわ。チーフが誘惑したんでしょう！　そんなに私と赤ちゃんを苦しめたいんですか!?」

過度に興奮する澄香が泣きながら糾弾したことにより、同情した社員たちは皆で澄香に味方をしてしまい、小春は孤立してしまった。

居心地悪い中での仕事は生産効率が落ち、週始めからほとほと心身が疲れ果てていた中、維玖から連絡があった。

『さっき社長令嬢から電話がきたよ。きみは俺という婚約者がいるにも関わらず、彼女の婚約者にも手を出すビッチだから、結婚は考えた方がいいと』

維玖が以前社長に渡した名刺を見て、会社の電話番号に直接掛けたらしい。

格上御曹司に告げ口電話を気軽にするとは、自分を何様だと思っているのだろう。

小春はここ最近の出来事を話した。

『なるほど。あの社長令嬢はきみと俺が結婚をしないと信じているくせに、万が一の可能性をも捨てきれてないらしいな。小山内は彼女に頼まれるがまま、きみと彼が浮気をしているという証拠を作るために動き、彼女が雇ったプロの探偵に決定的なシーンを撮らせたのだと思う』

維玖の推測にしっくりくる。

自作自演――確かに澄香なら、それぐらいしてもおかしくない。

そんな彼女はさておき、寛人がそれに協力したのなら、彼はどこまで自分を幻滅させれば気がすむのだろうと、小春は失意の深いため息をついてしまった。

愛が冷め、親密な触れ合いは悍《おぞ》ましさの方を強く感じる今、彼に絆《ほだ》されることなど絶対ありえないのに。

『探偵と言えば……俺の方にも差し向けられている。俺たちが本当に結婚式の準備に動いているのか、そもそも特別な仲なのかを探らせているのかもしれない』

怒りを通り超して呆《あき》れ返《かえ》ったふたりは、逆に熱愛ぶりを探偵に見せつけて利用しようと話し合い、ブライダル店に行ってウェディングドレスを選ぶふりをすることにした。

『うちの系列店でもいいんだけれど、せっかくだから市場調査を兼ねて、気になっていたライバル店に行ってみてもいいかな』

そこは銀座の一角にあり、ブランドに疎い小春でもよく知る高級店だった。

「これくらいのレベルでなければ、あの社長令嬢は悔しがらないしね。さあ、調査に協力して」

これが芝居だということも忘れて、華やかなウェディングドレスに興奮しながら色々と着替えてみた後は、あれこれと指輪を嵌《は》めてみる。

下見だということにして、今は買わないことを店員に匂わせていたものの、快くあれこれと出された素敵なデザインのものを試着することができて、まるでお姫様になったような気分だった。

「では最後に。お互い、気に入ったものを教え合おうか。せーの」

維玖と小春の感性がばっちり合ったことに、ふたりはハイタッチで喜んで盛り上がった。

探偵に見せつけるためのものだと心得ていても、素ではしゃいでしまう。

彼との時間が楽しいと思うのは、昔に仲が良かったことの証拠なのだろうか。

また、寛人や探偵に見張られているかもしれない自宅は不安要素しかない。すぐに引っ越そうとしていたところ、維玖からこんな提案を受けた。

「ちょうど近々引っ越そうとして押さえていた俺のマンションがある。小山内避《よ》けの仮宿にしてくれ。そこに俺も住んでいることにすればいい。探偵も騙せるし」

流石《さすが》に同居は……と思ったが、最後は言いくるめられてしまった。

そうして小春は事態が落ち着くまでの間、維玖が所有するセキュリティーが万全なハイタワーマンションの一室を借りることになった。

家電や家具はほぼ備え付けらしいが、テレビや冷蔵庫はふたりで選び、後日マンションに搬入された。その場所にふたりで寝泊まりしているのなら、新居用のマンションにすでに同棲《どうせい》を始めたと澄香に報告がいくだろう。

まさかそのマンションで、ふたりが夜通ししているのは維玖の仕事処理だとは考えないはずだ。

維玖はいつも会社で処理しているたくさんの書類を、パソコンごと持ち帰って仕事をしていた。

「すごい、仕事量……。副社長って事務にあまり携わらないイメージがあったけど」

「肩書きだけの男になりたくないからね。秘書任せにしたくないから、俺自身が色々と目を通すようにしている。兄さんと違って、俺はまだまだ未熟だから」

「お兄さんがいるのね」

「ああ。俺とは正反対のタイプだけど、すごく尊敬している。いつか兄さんの片腕として、役に立ちたいと思っているんだ」

　兄のことを語る維玖の顔は、柔らかい。

「だからこそ、今はしっかりと仕事を覚えないと」

　父親の権威を利用している澄香と違い、維玖はとてもストイックなのだろう。

　仕事に真面目に取り組んできた小春にとって、そうした維玖の姿勢はとても好ましく思えた。

　とはいえ、彼自身の処理速度は速いのに、追いつかないぐらいすべき仕事がありすぎる。

　小春はあまりのワーカホリックぶりに、維玖が倒れるのではないかと心配する一方で、小春の件で時間を割くあまり、通常業務のしわ寄せがきているのだと推察し、差し障りのない書類整理や夜食作りなどを自発的に手伝うようになった。

「夜食は美味《おい》しいし、書類もすごく見やすく理解しやすい。こういう観点からのまとめ方があるとはね。会社にいるよりすごく捗《はかど》る気がする。ありがとう」

　維玖も喜んで褒めてくれるし、手伝う甲斐がある。

　気づけば夜が明けてしまうこともあるものの、寝ているのは別々の部屋で健全な間柄だ。

　澄香の元には金箔《きんぱく》入りの豪華な招待状が届いたはずだし、維玖が予約していたブライダルエステや美容室に行かせられた小春が、ツヤツヤの肌で綺麗《きれい》になっているのを見れば、確実に結婚する気だとわかっているはずなのに、探偵の数が増えた。

　どうにかして穴を見つけ出そうと躍起になっているらしい。

　なぜそこまでの執念や根性を仕事に向けないのだろう。不思議で仕方がない。

妊婦だから不安定な精神状態になっているのだとすれば、出産が終わって落ち着くまで、こうした猜疑心《さいぎしん》と悪意をぶつけられるのだろうか。

それを思うとうんざりする。他人のことより、結婚間近な寛人との幸せな未来を思い描いていればいいのに。そうならないのは、寛人の愛情と包容力不足が原因なのだろうか。

こんな調子なら、偽装結婚に抑止力はあるのかとぼやくと、維玖が答えた。

「俺たちが結婚をしてしまえば、あの社長令嬢は鎮静化する。大丈夫。安心して」

だったら偽装結婚を解除した時、どうなるのか……そんな不安は残るものの、そこまで見越しての維玖の言葉だと信じて、保険だという婚姻届にふたりでサインをし、一緒に添える戸籍謄本も用意したのが昨日のこと。

そして今日、六月五日——。

ルミエール・マリアージュのお任せプランだと聞いていたのに、控え室には先日銀座で試着し、最後にふたりでともに気に入ったと暴露しあったウェディングドレスや指輪が用意されていた。

そのウェディングドレスは、露出度が高い一点もの。

普段なら着たところで色々な部分の粗が目立ち、皆から失笑されるだろうが、ブライダルエステで身体を捏《こ》ねくり回《まわ》され磨かれていたおかげで、かろうじて様になった。

参列者は、澄香のパーティーで見かけたセレブばかりで、小春の知り合いは澄香と寛人と社長と多可子くらいなものだったが、チャペルの最前列には、連絡もしていないのに、三年前に再婚した母と義父が座っていたことにぎょっとした。

反対側の最前列には、維玖の父親と兄らしき男性もいて、時機を見てだが白紙に戻すこと前提の結婚式に、若宮家当主と次期当主を引っ張り出してしまった罪悪感に目眩《めまい》がした。

式は滞りなく進められ、ふりで終わると思っていた結婚証明書にきちんとサインをさせられた上、皆の前でする誓いのキスも、濃厚で長いディープキスをされて、小春は目を回しかけた。

ルミエール・マリアージュのチャペル婚は、豪奢《ごうしゃ》で荘厳だった。

披露宴の方がもっとセレブ感を堪能できるのだろうが、小春には十分だった。

こんな挙式体験は、もう二度とできない。どうせなら楽しもうと開き直って笑みをこぼせば、維玖から目も眩《くら》むような笑みを返され、唇を奪われる。

演技ではなかったらよかったな……と思うほどには幸せを感じて、花びらが舞い散る中、小春は最高の花嫁として人々の記憶に刻まれ、祝福と賛辞を受けたのだった。

ただ最後に、それを妬んだ目をした澄香と寛人が近寄ってきて、結婚証明書にサインをしても法的にはなんの意味がないから、この式は無意味だと訴えるトラブルはあった。

そこで維玖は、ふたりで書いた婚姻届を取り出して見せると、参列していた多可子を名指しして、代理で役所に届けてほしいと、一緒に用意していた戸籍謄本と委任状と合わせて多可子に渡した。

『澄香さん。もし疑われるのなら、彼女にご同行願えますか』

そこで多可子と澄香と寛人が、役所に行くことになった。

あらかじめ、役所の方には話をつけているのだろう。もし違っても、きっと多可子なら臨機応変にうまく立ち回り、入籍したようにふたりに思わせてくれるに違いない。

……そして模擬の挙式は無事終了し、小春は維玖とマンションに戻ってきた。

維玖がシャワーを浴びている間、小春はわざわざエキストラに来てくれた両親に礼を言おうと、母親のスマホに電話をかけた。

正直なところ、母親は苦手だ。父親の不倫や離婚で精神が不安定になった母に、よく振り回されて陰で泣いてきたからだ。

しかしその母も、ある男性との出逢《であ》いによって立ち直り、今はその男性と再婚して幸せに暮らしている。

しかし今、どんなににこやかで社交的な母に戻っても、昔のヒステリックな姿がちらついてしまう小春には、用事がなければ距離を置きたい相手であることは変わりがなかった。

新しいスマホにして初めてかけたため、母親は中々電話に出てくれなかったが、電話してきたのが娘だと知ると、興奮した口調で一気に捲《まく》し立てた。

『もう、お母さんに言わないで結婚しようとするなんて、親不孝者ね。日曜に維玖さんがうちに訪ねてこられて、あんたと結婚させてほしいと頭を下げられた時、お義父さんと卒倒しそうになったわよ。あんたに連絡しても繋《つな》がらないし！　後でふたりで家に来なさいね』

なんでも維玖は、今日の挙式は理由があって、早急に淡々としたもので終わらせるけれど、後日ちゃんと両家顔合わせをして、披露宴を含めてきちんとしたいと説明したらしい。

『行き遅れると思っていたあんたが、あんなに礼儀正しく素敵なお婿さんを見つけるなんて、もう本当に嬉しくて。今日、お父さんと泣いてしまったわ。とても綺麗だったわよ』

『それと……維玖さんってとんでもないセレブだったのね。びっくりよー。親戚全員で披露宴に出席しちゃって大丈夫かしら。でも皆、出席したいって言っていたし。……と、これから、若宮さんとお食事なの、また後でね』

一方的に電話が切れ、小春は呆然となった。

「どうして、こうなった……」

わかるのは……「実は結婚式は嘘でした」などと言い出せないくらい両親が喜んで、お喋《しゃべ》り好きな彼らによって、すでに親戚中に広まっていることと、小春は維玖の思惑を完全に把握しきれていなかったということだ。

母親の電話から察すると、維玖の行動は——。

「最初から、結婚……ふりだけで終わろうとしていなかったとか？」

シャワー音が聞こえる方を訝しげに見つめ、そしてすぐに小春は否定する。

「ありえないって、それは」

本当にありえない。

たった数ヶ月間の元同級生……しかもまるで彼のことを覚えていない、薄情な女が助けを求めてきたからといって、彼が仕事を越えて我が身を犠牲にする理由などない。

なにより彼が言っていたじゃないか。

『恋愛感情がない相手に本気にされたくない』

思い出すと、なぜか小春の胸がちくりと痛む。

それを感じていないふりをして、ぼやいた。

「披露宴ってなに？　そこまでいったら、さすがに模擬だの冗談だのではすまされないわ……」

きっと感極まったゆえに、両親は早とちりして暴走したに違いない。

維玖の父と兄と食事をしているのなら、今頃自分たちの勘違いに気づいて、羞恥に真っ赤になっているかもしれない。

「そうよ。いっくんがわざわざ実家を訪ねて、本当に結婚するなんていう嘘をつくはずないわ。いっくんはエキストラのお願いに行っただけよ。仕事ぶりから見ても完璧主義みたいだし。……まったく、あわてんぼうの両親なんだから」

そう結論づけた時、シャワーの音が止まり、維玖が現れた。

カットソーにスラックスという部屋着に着替えていたが、濡《ぬ》れ髪《がみ》が顔にかかりセクシーだ。

彼は冷蔵庫から缶ビールをふたつ持ってくると、ひとつを小春に渡した。

「無事に終わったから、乾杯しようか」

維玖は小春の隣に腰かけると、小さく笑った。

「それともお洒落《しゃれ》なレストランやＢＡＲに行く？　疲れているかなと思って、まっすぐここに来てしまったけれど。きみさえよければ……」

打ち上げが終われば、彼との縁も終わるのだろう。ならば思い出が残るこの家がいいと思い、ふたりでプルタブを空けたビール缶をかち合わせた。

澄香や寛人がまた暴走すれば相談するかもしれないが、ここまで世話になったのだから、後はできるだけひとりで解決したいと思っている。これ以上迷惑はかけたくない。

(今日で最後か……。この家でお仕事を手伝ったり、結婚するふりをしたりするのは)

慌ただしく過ぎた日々だったが、維玖が相手でよかった。

多少強引なところはあったものの、彼が相手だからここまでこられた。

(なんだか寂しいな……。結局昔のことも思い出せないままだし……)

思い出したかったと思いながら、小春は感謝をこめて維玖に深々と頭を下げた。

「わたしのために、今日まで本当にどうもありがとう。忙しいのに時間を割いて、色々と手回ししてくれたおかげで、澄香も寛人さんも信じざるをえなかったと思う。あなたがいなければ今頃わたしは、澄香にどんな笑いものにされていたか。やりにくくて退職していたかもしれない。あなたは全力で、わたしのプライドと居場所を守ってくれた」

「小春……」

「そしてわたしのために、ここまでさせてしまってごめんなさい。わたし……偽装恋人というものを軽く考えすぎていた。セレブな世界であれば特に、結婚なんていう家同士の結びつきとかかわる話は、名声や肩書きに響くものだもの。仮に条件が合う男性がいたとしても、リスクが高すぎて引き受けてくれないことがわかって、あなた自身が出てくれたのでしょう？　その優しさ、本当に感謝してる。かかった費用はわたしちゃんと返すから、合計額を教えてね」

なにか言いたげなのは、返金しなくてもいいとでも言うのだろうと思い、小春は首を横に振って言った。

「これはわたしの責任。ちゃんと支払わせて。それと……あなたのお父様とお兄様には、偽装結婚に引っ張り出してしまったことを含め、御礼と謝罪をしに伺いたいと思うのだけれど、ご都合いい日を聞いておいてもらえる？　結婚を白紙に戻すことで影響が出る参列者の方々がいれば、お詫びにいくわ。ただ澄香たちの結婚式が終わってからにしたいけど、いいかな」

「……白紙？　結婚したその日に、もう離婚したいということ？」

維玖が首を傾《かし》げた。

「離婚もなにも、婚姻届は出していないんだし……」

「ふふ、木南さんからそろそろ連絡があると思うよ」

維玖の笑みがどこか黒くて、小春が不安になった直後、小春のスマホから音が鳴った。

「ちょうど多可子から、メッセージ……じゃなくて自撮り動画が来た……」

動画の中で多可子が疲れきった顔で語った。

『いやあ、荒ぶる澄香が大変でした。窓口の職員に何度も何度もしつこく確認して、ようやくあんたといっくんが法的に夫婦になったのだと認めて、癇癪《かんしゃく》起こしながら帰っていったよ』

（今、なんて？　婚姻届を受理したとか、法的に夫婦になったとか言っていたような）

『——というわけで、小春、結婚おめでとう。よっ、人妻！　めでたいねー』

「……は？　はあああ⁉」

小春からおかしな声が放たれる間も、動画はまだ続く。

『いっくーん、小春を全力で幸せにしてくれるという約束、忘れないでね。ついでに営業かけた時、門前払いしないでちゃんと打ち合わせするっていう約束もよろしく！　嫁が真剣に企画を頑張っているんだから、イベント内容も善処してねー！』

（どういうこと？　約束？　多可子といっくんは、わたしの知らない間に……）

維玖を見ると、にこにこと嬉しそうに笑っている。

『ちなみにこれから、いっくんに紹介してもらったセレブなイケメンとお見合いしてくるので、しばらく連絡がつきません。私も小春みたいに玉の輿に乗るぞ、じゃ！』

そこで、一方的な動画は終わった。

（ちょっと待って、多可子！　なんで強制終了するの！）

慌てて電話したがもう遅かった。電源が入っていない旨のアナウンスが流れるだけだ。

「土日は役所がお仕事してないなら、今から行けば婚姻届を返却してもらえるかもしれない……」

「無理だよ。結婚を取り消すには、離婚届を提出するしかない」

維玖は、立ち上がろうとした小春の腕を引いた。

「離婚⁉　そんな……。わたしたち、本当に夫婦になっていたなんて……」

「深刻なこと？　俺が、雇われ旦那様から、本当の旦那様になるだけだろう？」

維玖は事もなげに言う。

「それが問題なのよ！　あああ、わたしが澄香のマウントに負けたくないと思って見栄を張ったばかりに、恩人の戸籍にバツをつけさせるなんて、わたしなんと罰当たりなことを……」

「きみの引っかかりはそこなのか。俺の戸籍のことをすぐに心配してくれるなんて、やっぱりきみは優しいね、ふふ」

維玖は魅惑的な笑みを見せると、指で小春の頬を撫でるが、反対の手はがっちりと小春の腕を掴《つか》んで、動きを制している。

「だけど大丈夫。バツにはならないよ、絶対に」

なにか秘策でもあるのかと思い、小春の顔が輝くが――。

「俺、小春と離婚しないから。むろん、小春の戸籍も綺麗なまま。バツがついたり、他の男の名前が記されたりすることはないよ。俺だけがきみの旦那様だ。ずっとね」

しれっと、とんでもないことを言われた気がする。

「パーティーで言ってたよね？」

『俺は現場の目線からルミエール・マリアージュをよりよく改善したくて、副社長をしつつも系列婚活サロンでカウンセラーをしている。今度は挙式を体験してみたいんだけど、恋愛感情がない相手に本気にされたくない』

「立場柄、いっくんがしてみたいという挙式体験は終わったんだから、本当に夫婦になる必要はないでしょう？　いっくんが副社長をしている会社は、独身者のための結婚サービス業なんだから、夫婦体験する必要はないし」

「そうだね、俺が知識として知りたかったのは挙式まで。だから挙式後のことは純粋に俺個人の望みだ。きみがお姫様のように色取り取りのドレスで輝ける披露宴もしてみたいし、きみが喜んではしゃげる場所に新婚旅行にも行きたい。きみが望むなら、もっと盛大に本物の挙式をやり直してもいい。今日の挙式はあの社長令嬢の鼻を明かす意味合いの方が強かったから、豪華さよりもスピーディさ重視で確実に進められる形にしたけれど、今度は俺たちが拘《こだわ》った形で……」

小春はくらりとした。

「そういうのは、あなたの恋人とすればいいじゃない」

（いっくんが結婚に夢があるのはわかった。でもなんでその相手がわたしなのかな。もしかして研究熱心ゆえに、わたしとの経験すべてを下地にして、他の女性と本番をしようとか……）

「恋人なんているはずないじゃないか。俺はきみの元彼とは違う。好きな女性がいたら、その女性と結婚する。たとえ人助けの偽装だろうと、他の女性と結婚しようとする意味がわからない」

寛人に聞かせてやりたい、男気ある言葉だ。

だからこそ、なぜ小春とそんなことをするのかわからない。

「だったらなおさら、これから現れる運命の伴侶に操《みさお》をたてて初婚をすべきだったのよ。突然ひょっこり現れて泣きついた元同級生と結婚するなんて意味がわからないわ。わたしと模擬結婚式をした理由は、わたしがいっくんに恋愛感情がなくて偽装を本気に受け取らないからでしょう？　だったらなおさら、本当に結婚してしまったら本末転倒じゃない」

「意味がわからない……か。木南さんにも即バレしたし、結構わかりやすいと思っていたけれど」

維玖は力なく呟《つぶや》くと、小さく笑った。

（なに？　なんでそんなに傷ついた顔……）

その表情に小春の記憶が刺激されて、なにかを思い出しかけたが認識する前に消えてしまった。

なんだろう。維玖のそういう表情を見ると、抱きしめたくなる。

母性本能の類いなのだろうか。

「本当に覚えていないんだね、コハちゃん」

コハ——それが自分の仇名《あだな》だとなぜわかるのだろう。

そんなふうに呼んだ友人はいなかったはずなのに、記憶にちらちらとなにかが引っかかる。

（彼と昔に……なにかあったの？　でもこんな美形なら、相当目立っていたはずだから、もっと記憶に残っていてもいいのに……）

維玖は気だるげな様子で小春を見た。

「俺は、どうでもいい女性と結婚するほど酔狂じゃない。パーティーで言ったのは、恋愛感情がない女性が相手だったら、という前提だ。だけど恋愛感情があり、本気で想ってもらいたい女性には、手段を選ばずに必ず俺のものにする。欲しいものは必ず手に入れる……それが若宮家の家訓だ」

「そんな家訓があるなら一層、恋愛感情を抱いた女性を、あなたのものにすればいいでしょう？　いっくんみたいな素敵な男性から強引なアプローチを受けて結婚することになれば、きっとその女性だって喜びのあまり、きゅんきゅんしてくれるだろうし」

（なんだろう、言っていて胸がちくちくする……）

「でもきみは、きゅんきゅんしてくれてない」

維玖が拗《す》ねた口調で言った。

「わたし？　わたしは模擬止まりの女だから」

「誰がそう言ったの？」

「え？」

（なにか話が、食い違ってる？）

濃い紫赤色の瞳がしっとりと濡《ぬ》れて、小春を見つめていた。

まるでワインでも飲んで、酔ったような気分になる。

「これでも俺……少しずつ距離を縮めていたんだよ。きみが……傷ついているのに無理して明るく振る舞っているんだと思って。がっつりいきたいのを我慢していた」

「が、我慢？」

「俺だって男だよ？　魅力的なきみとひとつ屋根の下にいて平気でいられるほど、聖人じゃない」

瞳が妖艶な光を宿し、小春をくらくらさせる。

「お世辞はいいから！」

「お世辞なものか。気を紛らわせるためにしなくてもいい仕事まで作って、家に持ち込む羽目になったじゃないか」

その言い方ならまるで、小春を女として意識していたと言っているように聞こえてくる。

驚愕すると同時に、時折感じていた……優しさとはまた違う、彼から滲《にじ》み出ていた色気を思い出す。それに自分がドキドキして赤くなりつつ、拒んでいなかったことも。

（待って。それならわたしも寛人さんと別れてすぐなのに、思い出せない元同級生を男として意識していたってことになるじゃない。違うわ、彼は恩人で……）

「その様子だったら、俺が言った意味、わかったようだね？」

半ばパニックになっている小春は、慌てて喚《わめ》いた。

「わたしがあなたにドキドキするならまだしも、逆はありえないから。どう見てもわたしに、いっくんがムラムラする要素なんてないよ。寛人さんと付き合ってましになったけれど、それでも家でひとりでいる時は、Tシャツにショートパンツ、すっぴん顔のお団子頭姿であぐらかいて缶ビール飲んでたりするし！　好感度下がりまくりなんだから！」

自らの醜態を告白しつつ虚《むな》しくなるが、維玖はまるで動じていない。

「それ、好感度を下げる要素なのか？　俺はとても可愛いと思うけど。見たいよ、きみのそうした自然体。このマンションで見せてくれなかったのは、まだきみが素を出せない状態だったのか」

（なんでそんな理由で、あなたがしゅんとなるの？）

「自然体もなにも、女子力低いわたしは恋人としても奥さんとしても恥ずかしいから、寛人さんにも周囲に付き合っていることすら公表されず、挙げ句に浮気されるくらいで……」

すると維玖の表情が苛立《いらだ》たしげに歪《ゆが》んだ。

「元彼を引き合いに出さないでくれるかな。きみをふってあんな最悪なマウント女を選ぶなんて、目も頭もおかしい男なんだから。そんな男に四年も前から手を出されて、彼の腐った価値観の中に縛りつけられているなんて、本当に可哀想だったね。もっと早く俺がきみを見つけていれば、きみはこんな目に遭わなかったのに」

話が通じない。……いや、しっかり通じてはいるのだ。しかし維玖の思考が、小春の予想を超えたところに着地してしまうだけで。

（普通げんなりしない!?　寛人さんだって、家に突撃されて素の姿を見られた時には、散々文句を言われて嫌がられたし、これは知られてはいけない禁忌の恥部だと思ったのに。どうして彼には効果がないの!?）

実際見ていないからなのかもしれない。

「腹立たしいよな。あんなゲスが四年もきみを独占していたなんて。あんな男がきみを囲い、きみにひどい仕打ちをしたかと思うと、腸《はらわた》が煮えくり返りそうだ。こっちは、どんなに探したってきみの行方がわからず、奥の手を使うしかなかったのに」

「奥の手？」

しかし維玖は、それはこちらの話だと言葉を濁した。

「探して……くれていたの？」

維玖はこくりと頷《うなず》く。

「それは素直に嬉しいけど……わたしはあなたのことを覚えていないのに……」

「気づいていたよ。だからゆっくり進めていたんだ。昔のことを覚えていないならそれでもいい。今の俺ときみとの仲を深めたいと思ったから」

「いっくんが今わたしに抱いているのは、昔馴染みの友情よ……」

すると維玖は、小春をソファに押し倒すと、真上から顔を覗《のぞ》き込《こ》む。

「俺は、ただの懐かしい友達を抱きたいとは思わない」

「……っ」

「ただの同級生を恋人として人に紹介したり、人助けで結婚したりしたいとも思わない。どんな反対があっても、俺が全力で守りたいと思える……本気で好きな女しか、欲情しない」

だったらなぜ自分を……とは聞けなかった。

彼の瞳がまっすぐだったから。

小春はふと思った。

(もしかして昔、彼はわたしのことを好きでいてくれたのかも)

初恋は忘れられないものだと聞くけれど、小春が誰にも言わずに転校したことで拗《こじ》らせてしまったのかもしれない。だから余計に小春に執着し、あの頃の満たされなかった想《おも》いを遂げようとしているのかもしれない。

維玖との間にどれだけの思い出があったのかはわからないが、維玖の眼差《まなざ》しは、はじめから過去の自分に向けられているから、現実を無視して、強引にことを進めたのだろう。

そうでなければ、ここまで自分を望まれる意味がわからない。

初恋は記憶に秘めておくからこそ美しいのだ。

理想と現実は違うものだと自覚させないと、彼は前に進めなくなってしまう。

婚姻届がまだ未処理のうちに、役所から取り戻してこよう。遊び半分で書いたものだとか、酔っ払っていたとか、脅されて書いたものだとかを訴えれば、特例的に認められるかもしれない。

どうしても打つ手がない時は、離婚するしかない。維玖にバツはついてしまうけれど、次の結婚のためにすぐに門戸を開放しておかなければ、彼が幸せになる出逢いができなくなる。

「いっくん」

小春はまっすぐ維玖を見上げ、両手で彼の頬を挟んだ。

「昔は昔、今は今。思い出は大事にしまって、現実を見よう。あなたが欲しいのは過去のわたしであって、今の……このわたしじゃない」

「俺は……っ」

濃い紫赤色の瞳が苛立たしげに揺らめく。

「あなたには心から感謝してる。だけど本当に結婚するのは無理。結婚は、あなたを心から愛して、妻になりたいと思ってくれる素敵な女性としてほしいのよ。わたしはその妨げになりたくない」

維玖の顔が悲哀に歪み、小春の心が罪悪感にしくしくと痛む。

「婚姻届を返却してもらえないのなら離婚届を出して、結婚は別の相手としよう。お互いに」

彼が御曹司でなければ、また違った結論を出したかもしれないと思いつつ。

「もう偽装結婚をしなくてもいいわ。結婚は無効よ」

維玖は苦しげに目を瞑《つぶ》って唇を噛みしめる。そして静かに目を開いて言った。

「俺が離婚に応じる条件はひとつ」

「なに？」

維玖は冷ややかに言った。

「身体の相性が悪かった場合」

(……はい？)

「それは、つまり……わたしと……」

「そう、セックスする」

まさか堂々と宣言されるとは思わず、小春は驚きのあまりおかしな声を上げてしまった。

突拍子もない冗談かもしれないと思ったが、維玖はそれを打ち消すように真面目な顔で続けた。

「俺がきみをどう思っているのか、きみもよくわかるしね。俺だって理想と現実の違いに萎えてしまって、その気にならないかもしれない。性生活がうまくいかないなら、今後の夫婦生活に支障を来すというれっきとした離婚原因ができる」

(そ、そういうもの……?)

だけどこうも思ったのだ。

彼なら素晴らしい美女を今まで抱いてきたことだろう。

だったら寛人も抱く気が失《う》せたという、いつも通りのぼさっとした格好をして、貧相な上に醜い傷がついた胸を見せればすぐに萎えて、執着もすぐ消し飛んでしまうに違いないと。

女としてはとても悲しい方法だが、維玖が躊躇するのなら、小春が執着を断ってやるしかない。

彼にはとても世話になったからこそ、覚悟を決めよう。

「わかった。だったらセックスしよう」

「……え?」

今度は維玖が戸惑ったような声を出した。

自分が言い出したことなのに、小春が応じるとは思っていなかったらしい。

「なにを驚くの?　あなたが言ったんじゃない。離婚の条件として」

すると維玖はため息をつくと、悔しげにぼやいた。

「そんなに……いやか。身体を投げ出してまで、俺と夫婦になるのを拒むのか……」

その声は小さすぎて小春の耳に届かなかった。

◇・＊・◇・＊・◇

予定では——風呂に入った後、すっぴんのままでTシャツとショートパンツ姿になり、缶ビールを一気飲み。

自宅にいる時と同じスタイルで、萎えられるショックを和らげるために酒の勢いを借り、色気もなにもないムードでTシャツを脱いで維玖を失望させ、その足で役所に行こうと思っていた。

だが実際は——。

「小春……可愛い」

リビングの一角……仕切り戸の奥に続く書斎つき寝室のベッドに腰かけた維玖の膝の上、正面から跨《また》がった状態で抱きしめられた小春は、顔中に形のいい唇を押しつけられている。

外国人の挨拶のような軽いキスをされているだけなのに、唇が触れた部分からじんわりと熱が広がり、得も言われぬ官能的な疼《うず》きに、声が出そうになるのを必死に押《お》し止《とど》めていた。

「俺を萎えさせる作戦でも見つけたのかと思ったけれど、俺を煽ってくるなんてね。嬉しい誤算だ」

まるで愛玩動物を愛《め》でるかのように、大歓迎を受けている。

「な、なんで……。こんな童顔……」

「俺はきみの昔の顔を知っているからね。男勝りだった昔に比べたら、こんなに可愛い女の子になって……たまらないね」

（女の子……）

年甲斐《としがい》もなく喜ぶ自分がいる。

寛人に釣り合う大人の女性になろうと背伸びをしていたのに、維玖は自然体でいいらしい。

「お団子頭でうなじ見せて……俺の理性を試している？　今から俺を滾《たぎ》らせてどうするんだよ」

（わたし、完全に読み違えたかも……）

この格好は維玖の不快さを強めるどころか、興奮させてしまったようだ。

（こんなはずでは……。なんだか座っている場所に変化が……か、考えない！　気のせいよ）

維玖がダメージを受けないのなら仕切り直しをする必要がある。

身体をねじって彼のキス攻撃を避けようとしたが、小春に巻きついた維玖の両腕はさらに力を増し、彼の視線をまともに浴びてしまった。

豊熟して濃く艶づいたような紫赤色の瞳。

からかいなどない、しっかりとした情炎が揺らめいている。

維玖が素の小春に欲情していることを悟り、小春はどう反応していいのかわからず、戸惑いに目をそらしてしまった。

その瞬間、両頬に維玖の手が添えられ、顔の向きを変えられると同時に端麗な顔が傾き、そっと唇が重なる。

それだけで唇が離れるが、視線は絡みついて離れなかった。

視線が熱すぎて、眼球がじりじりと灼《や》けてしまいそうになる。

(なに、これ……)

彼とのキスは、深いものまでチャペルで済ませているというのに、キス自体初めてしたかのように頬が熱くなり、恥ずかしくてたまらない。

「小春……。たくさんキスしたい……。もっと……もっとしたい」

熱に掠《かす》れた維玖の声は切なげで、求められる喜びに小春の身体が昂《たかぶ》る。

初心《うぶ》な年頃でもないのに、鼓動が速く乱れ打ちすぎて息苦しいくらいだ。ぱたりと倒れてしまいそうになりながら、小春が小さく頷くと再び唇が触れ合った。今度は長めに。

わずかに匂い立つアルコールの香りに、ふたりのムスクのシャンプーの香りが混ざる。

じんわりとした甘美な痺《しび》れが熱とともに体中に広がり、溶けてしまいそうだ。

「ん……」

甘い声をこぼしたのは、どちらが先だったのだろう。

触れ合うだけで気持ちがいいと、心と身体がきゅんきゅんと悦《よろこ》んでいる。

酩酊《めいてい》しているような陶酔感に浸る中で、しっとりとした唇は角度を変えて何度も重なり合い、やがて無意識に薄く開いた唇の隙間から、ぬるりとした維玖の舌が差し込まれた。

生々しい異物が口腔内《こうこう》を蹂躙《じゅうりん》し、戦慄にも似たぞくぞく感に思わず小春は身を震わせてしまう。小春の舌は本能的に逃げてしまうものの、すぐに維玖に搦《から》めとられ、ねっとりといやらしく、濃厚に弄《まさぐ》られた。

「ん……ふ……」

（ああ、気持ちいい……。脳まで蕩《とろ》けてしまいそう……）

子宮が疼くような官能的なキスに、小春の喘《あえ》ぎ声は甘さを強めた。

自分は性に淡泊だと思っていたが、維玖相手にはなぜか、キスだけで身体が奮い立つ。

この快楽に浸りたいという欲求が抑えきれなくなる。

もっと維玖を感じたい。

小春は自ら舌をくねらせ、積極的に彼の舌を吸った。

すると維玖は、キスの合間に感嘆のようなやるせない吐息をつくと、彼女のおねだりに濃厚に応えながら、小春をぎゅっと抱きしめた。

彼に包まれると、自分は寂しかったのだと気づく。

こうやって維玖の体温を感じるだけで、安心して満たされた心地になるのだから。

自分は誰かに甘え、無防備に身体を預けたかった。

それが二週間の心の交流しかしていない維玖というのが自分でも驚きだが、維玖以外の男とワンナイトができるかと自問すれば、できないと答えが返る。思っていた以上に、維玖を心の内に入れていたらしい。
そんなことを思っていると、維玖の手がシャツの下に潜り、背から腰にかけて弄られた。
その動きはどこか緊張気味でぎこちない。しかしその触れ具合が妙に心地よくて息を乱して
しまうと、片方の手で小春の頭を撫でながら、滑るようにして腹部に回ってくる。
（やだ……二缶分のビール飲んだばかりだから、お腹が……）
ぽっこりとしたビール腹を感じて、維玖は萎えるかも……とは思うものの、これで失望され
て終わるのもやるせない。それにもう少しだけ、この気持ちいい時間を堪能したい思いが強ま
り、静かにお腹を引っ込めてみた……が長くは続かない。
すぐにまた腹をへこませたが、今度は運動不足が祟《たた》った腹筋がぷるぷると震えて元通り。
そんなことを繰り返していたら察したらしい。維玖は小春の腹部に手を置いたまま、笑い声
とともに唇を離し、肩を震わせながら、小春の首筋に顔を埋めた。
「ごめん……とっても可愛くて……くく」
「いや、別にいいよ。これが現実だし……。そういうことで……」
小春は維玖の膝から下りようとしたが、維玖は小春をがっちりと抱きしめて離さなかった。
「そうじゃない。小春が巨漢でも全然構わないんだけれど、乙女心というか……一生懸命なの
がすごく俺のツボなんだ。だって……俺に幻滅されたくないって、頑張ってくれているんだろ
う？」
（え？　そういうことになるの？）

改めてよく考えてみたが、そういうことのようだ。

「きみのおかげで緊張が吹き飛んだ」

「緊張……？」

「ああ。小春に触れているのに、平気でなんていられないよ」

熱を帯びた目で見られ、小春はどきっとする。

「それに俺、初めてだし」

（……え？）

それは衝撃発言だった。

「は、初めて⁉　そんなに色気ダダ漏れなのに、超ハイスペックＤＴ⁉」

「……いやな呼び方をするなよ。きみ以上の女性がいないから、経験を積む必要を感じなかっただけだ」

「わたし以上なんて、そこらへんにごろごろいるじゃない」

「いなかったんだよ。俺の心と身体を揺り動かす存在は。昔も今もきみだけらしい」

維玖は両手で小春の腰を掴んで、彼女の身体を前方に滑らせると、彼に密着させた。

「きみが相手なら、キスだけでこんなにも欲情できるのに」

小春の下半身が感じた部分は、硬く膨らんでいた。

「――っ‼」

小春が身じろぎすると、維玖は熱い吐息をひとつ落として、扇情的な表情で小春を見上げる。

「小春だけが、俺を男にしてくれる」

どこまでも蠱惑的《こわくてき》な男の艶をまとって。

「だから俺も……俺だけが小春を女にしたい。今まで小春が誰にも見せたことがない顔をさせたい。気を張らずに自然に俺とセックスがしたいと思えるようになりたい。この先もずっと」

なんていう破壊力がある言葉と色気なのだろう。

維玖の執着を断念させるはずが、自分の方が維玖に囚《とら》われそうだ。

しかし――。

「興味を無くすよ、いっくんも。この格好は受け入れてもらえたとしても、わたしの胸には……傷があるの。それに女っぽい身体もしていないし……」

維玖は特に驚く様子もなく、優しく微笑んだ。

「俺は、その身体が小春のものであれば、なにも変わらず愛するよ」

「変わるよ。高校時代の同性の友達だって、実際に見たら腫れ物を触るような対応になったし。寛人さんも、傷が決定的な要因ではなかったかもしれないけど、結局は……」

「元彼の話はいらない。それに言っただろう。俺はあんな奴《やつ》とは違うと」

「……っ」

「見せてよ。そのTシャツの下」

「え？」

「俺が、きみの裸を見て、引いて萎えると思っているんだろう？　だったら確かめてみて。きみの直感が正しいのか、俺の言葉が正しいのか」

ああ、別れというものは唐突に訪れる。

維玖にとっては可愛い女の子のままでいたかったな……など思いながら、小春は覚悟を決めてTシャツを両手で捲《めく》り上げた。

痛いくらいの視線が胸に注がれ、小春は恥ずかしくて顔を横に背けた。

「可愛い傷じゃないのがわかったでしょう？　だったら……」

シャツを下げる前に、維玖が動く気配がした。

右胸の上方に斜めについている傷に、維玖の唇が押し当てられたのだ。

「な……」

「こんな傷になるなんて、相当だったね。よく生きていてくれた」

（なんで……目を潤《うる》ますの？）

「この傷を愛しいと思っても、気持ち悪いなんて思わないよ。思うものか。……俺が代わってやれればよかった。そうすれば辛い目に遭わずに済んだだろうに」

何度も口づけられる。後悔と甘さと愛おしさを入り混ぜた表情で。

ほろりと小春の目から涙がこぼれ落ちた。

（ああ、最初から彼を好きになれたらよかった。そして彼が御曹司でなかったら、わたし……）

「小春？」

小春は涙を手で拭いながら笑った。

「ありがとう。いっくんは優しいね」

「優しいのは小春だよ。小春に救われたから、俺……」

柔和に細められたその眼差しには、昔の小春が映っているのだろう。

小春が覚えていない記憶こそが、彼の愛の原点だ。

……胸の傷が痛い。

痛みなどとうになくなっているはずなのに。

(ああ、最後まで……救われたな、いっくんに)

寂しいけどどこか満足した気分でシャツを下げようとしたら、維玖にその手を掴まれ止められた。

「なんで下げて、すべてが終わったような顔をしているの？　これからだよ、小春との初夜は」

「え……。傷はOKだったにしても、貧弱なわたしの身体を見たでしょう？」

「小春は俺を煽ったんだよ。逆効果」

「は……？」

維玖の両手が小春の両胸を包み込み、やわやわと揉《も》んでくる。

「や、ちょ……」

弾む息がすぐに甘さを滲ませると、維玖は嬉しそうに微笑んだ。

「感度もいい。大きさも柔らかさも……俺の好みど真ん中。味は……どうかな？」

維玖はうっとりとした顔を傾けると、小春の胸の頂きを口に含み、強く吸い立てた。

（や……いっくんが、わたしの胸を……！）

直に口淫されている卑猥《ひわい》な視覚効果に加え、ちりとした痛みがぞくぞくとした興奮にすり替わる。

「あぁあんっ」

こんなに感じたり、維玖とのセックスに興じたりする気はなかった。

なぜ維玖は失望してくれないのだろう。

「ああ、おいしい。食べ頃の果物みたいだ。もっと味わいたい」

維玖の舌先が蕾《つぼみ》を忙しく揺らして、音をたてて吸う。

反対の胸は強く揉みしだかれ、刺激を待って半勃ちしていた蕾を、指先で強く捏《こ》ねられる。

ぞくぞくとした快感が止まらない。過敏に反応する身体はまるで自分のものではないようだ。

あまりに強すぎる刺激に、小春の嬌声《きょうせい》が止まらない。

下腹部の奥に直結しているかのように響き、秘処がきゅんきゅんと疼いているのがわかる。

（やだ、わたし……こんなに感じすぎるなんていやらしい！）

秘処からとろりとしたものが垂れたのがわかり、足をもじもじとさせる。

こっそりとしていたのに、維玖には気づかれてしまったらしい。

維玖はゆっくりと体勢を変えて小春をベッドに押し倒すと、小春の両足を大きく開いてその間に腰を入れた。まるで正常位で繋がっているかのように服越しに秘処をぐりぐりと押しつけ、ここに入りたいのだと主張をしながら、ちゅうちゅうと音をたてて胸の先端を強く吸う。

そして時折、彼女の傷に舌を這《は》わせるため、傷が性感帯かのように過剰反応してしまう。

(ああ、彼は……人から目を背けられていた傷まで、情熱的に愛してくれてる)

この喜悦感は、コンプレックスから解放され、女として目覚めたゆえのものか。

それとも、小春に自信をつけさせてくれる彼への感謝の気持ちなのか。

他になにかあるのか。

「あ、あんっ、そこ……気持ち、いい……」

小春を見つめる維玖の眼差しの奥に、焦がれるような切望の炎が揺れると、維玖は薄く開いた小春の唇を奪って舌を絡ませた。少し余裕をなくした性急な舌に応えながら、気づけばふたりの腰はいやらしく動き、早く埋め合いたいと意思を伝えているかの如く秘処同士を強く擦り合わせる。キスの合間に快楽に熱い吐息をこぼし、目が合えばまたキスをして大胆に腰を揺らす。

(服がもどかしい……)

そう思ったのは小春だけではなかったようだ。

維玖は、自分のカットソーを脱ぐと床に放った。

柔和な顔立ちとは対照的に、男らしい筋肉がついた、均整がとれた上半身に目が奪われる。

(着痩せするタイプなんだ。色気が一段と……鼻血出そう)

下も脱いでいるようだが、凝視するのも憚《はばか》られて横を向いていると、裸になった維玖が笑いながら小春の頭を撫でた後、小春の隣に横たわるときつく抱きしめてきた。

ムスクにも似た甘さを持つ、彼独自の香りにくらくらする。

大きな身体ですっぽりと包まれると、羞恥以上に安心感と心地よさが勝って感嘆の息が出た。

おずおずと触れてみる維玖の背中は広く、男らしい精悍《せいかん》さを感じる。

（ああ、なんなのこの感覚。肌が触れ合うだけで、こんなに気持ちよくなるものだっけ……）

「俺だけを感じて。あの男のことなど、すべて忘れてくれ。俺の色に染まってくれ」

……彼がセックスをしたがったのは、優しさもあったのかもしれない。

小春が前を向いて進めるようにするために。

離婚するために彼を萎えさせようと、半ば勢いで始めた行為だったけれど、こんなに幸せに思えるセックスならば、離婚する前に一度だけ……最後まで抱かれてみたい。彼の男を感じたい。

この傷に口づけ、心の傷まで癒やそうとしてくれた……優しい王子様と出逢えた記念に。

（ご褒美と言うにはおこがましすぎるけど、いっくんが望んでくれるなら……いやではないのなら、わたし……彼の初めての女になりたい。それだけで、それ以上はなにも望まないから）

小春がこくりと頷くと、維玖は小春の腰に巻きつかせた手を滑らせ、ショーツごとショートパンツを抜き取った。そして小春の両膝を押しながら、足を左右に開く。

紫赤色の瞳が見つめているのは――。

「み、見ないで、そんなところ」

見られているだけで、その部分がじゅくじゅくと熱く蕩けてくる。

慌てて足を閉じようとするが、維玖の両手が膝を掴んでいるためにそれは叶わない。

「見たい、小春のすべて。これから俺たちがひとつになる大切な場所を」

(ひとつになる……場所)

それを想像した小春の秘処も胎内も喜びに奮えた。

小春の抵抗が薄らいだことを知り、維玖は指を伸ばしてさざめく花弁を左右に割ると、陶酔しきった吐息を漏らした。

「ああ、ここが小春の……。ピンク色で……きらきら光ってすごく綺麗だ。こんなにとろとろと蜜を溢《あふ》れさせて……」

焦がれるようなため息をつくと、維玖は秘処にゆっくりと顔を埋め、熱い息を吐きかけながら、じゅるるると音をたてて一気に蜜を啜《すす》った。

「やっ、そんな汚いところ、だめ!」

抵抗して維玖の肩を押したがびくともしない。

驚いて慌てる小春に蠱惑的な流し目を送り、維玖は恍惚《こうこつ》とした表情で舌をいやらしく動かして舐《な》め取って見せる。

「美味しい……」

維玖は本気でそう思っているかのように、艶《つや》めいた顔で微笑む。その瞬間、色気がぶわりと広がり、当てられた小春は息が苦しくなった。

「お、美味しくなんて……」

そう言うのがやっとだ。

「美味しいよ、小春の蜜。熟成された濃厚な味……病みつきになりそうだ」

そして維玖は再び秘処に口づけた。

何度も重ねた唇が淫らな蜜を吸い、何度も絡ませ合った舌が花園を忙しく往復して蜜を掻《か》き集《あつ》め、飢え乾いた者のように、溢《あふ》れ出る蜜をごくんごくんと嚥下《えんげ》する。

「や、ああっ、だめっ、だめぇぇ！」

だめだと言いつつ、恥部を犬猫のように舐めさせて、強烈な快感を味わって悶《もだ》える自分はなんと淫乱なのだろう。維玖にこんなことをさせている罪悪感と倒錯感ですら、自らの昂りにしてしまっている。

「ねぇ、そんなことされたの初めてなの。おかしくなっちゃうから、もう……」

自分に理性がまだ残るうちにと制したのに、小春を見遣《みや》る維玖の目が煌《きら》めいた。

「初めて、なんだ？」

「……うん。わたし……自分がどうなってしまうかわからなくて怖いの。だから……」

「だったら、小春が喜んでくれるように頑張るね」

「そ、そういう意味ではなくて！」

(逆に……やる気にさせてしまったような……？)

「いいよ、とことんおかしくなって。感じまくる……可愛い小春を俺に見せて。俺のやり方で、小春を心から気持ちよくさせたいから」

そう言い終わらないうちに、維玖は小春の腰を両手で抱えて蜜を強く吸い立てた。

「あぁぁんっ、だめ、それだめったら！」

そして舌を生き物のようにくねらせて摩擦し、花園に刺激を与えてくる。

小春は身を捩《よじ》らせて、悲鳴のような声で啼《な》いた。

「ん……ああ、すごい。こんなに舐めて吸い取っているのに、後から後から蜜がこぼれてくる。なんて可愛いんだ、きみは」

色気をまといながら甘く微笑む顔は、破壊力がありすぎた。小春の身も心もきゅんきゅんとしてしまい、さらに感度も上がった気がする。

「ふふ、初めてのくせにすごく感じてるね。でもこんなに蜜が溢れるのなら、小春の身体もつらいだろう？　蜜が湧き出る部分から、根こそぎ掻《か》き出してあげるよ」

維玖は熱っぽい声でそう言うと、舌先を蜜穴につぷりと差し込んだ。

突然熱い異物が、刺激を欲していた蜜壷に侵入してきたため、中がひくひくと収縮して喜んでいる。維玖は頭を動かしながら、舌を深く抜き差しした。

「あっ、ああああっ」

くねくねとした舌の感触に、ぞくぞくとした快感が止まらない。

蜜は止まるどころかより一層とろとろに蕩けて、こぽりこぽりと垂れ流している感覚がある。

それを余すところなく、維玖に舐めとられているのだと思えば、羞恥と興奮に小春は身を震わせた。

「いやらしいことをされて恥ずかしいのに、嬉しいって……気持ちよすぎるって……ああ、もう……もう、わたし……！　やだ……ああ、イッちゃう……！　いっくんが見てるのに！」

自分でもなにを口走っているのかわからないまま、迫《せ》り上がってくる不穏な激流に呑《の》み込まれて、小春はぱあああんと弾《はじ》け飛んだ。

しばし放心状態のまま、荒い呼吸が落ち着かない。

(セックスって……もっと静かなものではなかったの？)

前戯の段階でこうなら、この後はどうなってしまうのだろう。

ぼんやりと考え込んでいると、維玖が立ち上がってなにやらがさごそと音をたてた。

そちらに顔を向けている元気もなく、ベッドに四肢を投げ出したまま必死に呼吸を整えていると、維玖が戻ってきた。そして小春の隣に身体を横たえ、小春をぎゅっと抱きしめて唇を奪った。

舌を濃厚に絡ませ合いながら、維玖は小春の足を持ち上げて、猛々《たけだけ》しく昂った彼自身を小春の秘処に滑らせてくる。

(熱くて……大きい……)

思った以上に猛々しい熱杭が、まだ甘い余韻が残る秘処の表面を往復する。

そのたびに目眩がするほどの歓喜と快感が込み上げ、うっとりとした声が漏れてしまった。

そんな小春の耳元に、維玖が囁く。

「小春……俺、もう限界なんだ。小春の中に挿《はい》ってもいい？」

余裕のない掠れきった声が、子宮を震わせた。

ふと床に、封が切られた避妊具の包みがあることに気づく。

女に欲情しないと言っていた維玖が、避妊具を用意していることを怪訝《けげん》に思っていると、それを察した維玖が苦笑する。

「小春と暮らしているんだ。俺が暴走する可能性はゼロじゃない。困った事態にならないように先に用意していた。どうせ小春と結婚したら使うことになるし。もちろん、合意の元だけど」

この避妊具を使用することは、確定事項だったらしい。

「小春」

維玖が顔から笑みを消し、真顔で小春をじっと見つめていた。

目に宿るのは、捕食者のようなぎらついた光。ぞくぞくするほどの男の艶を強めている。

維玖から逃げられない。逃げ切れるとも思わない。

「……うん。いいよ」

小春がはにかんで答えると、維玖は唇に触れるだけのキスをひとつ残して起き上がる。

左右に広げた小春の足の間に入り、もう一度自らの剛直に小春の蜜をまぶすと、ひくついているその時を待つ蜜穴に、ごりごりとした先端を宛てがい、ぐっと腰を入れて埋め込んできた。

「ああ……」

甘美の声を上げたのはどちらが先か。

怒張した猛々しい剛直が、小春の内壁を擦り上げるようにして挿ってくる。

たっぷりとした蜜が潤滑剤となって痛みはないが、その質量は腹を圧迫するほどだ。

「く……ああ！　……絡みついてくる。油断すると、もっていかれそうだ」

維玖は端麗な顔を苦悶《くもん》に歪ませ、絞り出すような声を出した。

果てたいのを我慢しているらしい彼は、壮絶な色香をまき散らし、荒い呼吸を繰り返しながら最後まで腰を押し進めた。

どこまでも自分が強靱《きょうじん》な男だということを主張する剛直が、根元までみっちりと埋まった。

互いの恥部が触れ合うと、維玖はそのままで動きを止めて、天を仰いで身を震わせた。

そして泣いているかのような切ない表情を見せると、はくはくと浅い息をしている小春をきつく抱きしめ、何度も唇を重ね合わせた。

「小春……小春。俺たち……繋がってる。小春は俺だけの女で、俺は……小春だけの男で。ああ、小春。俺……きみの中で男になった。きみの身体が、男として……俺を受け入れてくれた」

感極まったかのように上擦ったその声は、興奮に震えている。

彼は最初から男だ。それなのに、性別を気にしていたかのような口ぶりが引っかかったものの、それを聞けなかったのは維玖がゆっくりと抽送を始めたからだ。

猛々しい熱杭が引き抜かれては押し込まれるたび、力強く擦り上げられる部分からざわざわとした快感のさざ波が立ち、肌が粟立《あわだ》つ。

(気持ち、いい。どうして……いっくんなら、なにをされても気持ちいいの……)

「あぁ、たまらない……！　小春の中、うねって……悦んでる。もっと、もっと俺を感じて。俺を愛して」

維玖は小春の両足を彼の両肩にかけると、小春の腰を持ち上げるようにして、剛直が出入りしている様を小春に見せつける。

淫らな蜜で濡れて浅黒く光る維玖のそれが、小春の中に呑み込まれていく光景は、目眩がするほどに淫猥《いんわい》で、そして小春の身も心も昂らせるものだった。

彼の剛直が深く入って溶け合うたび、小春の体内が悦びに震えて、維玖を離したくなくなる。それなのに彼は逃げていくから恋しくてたまらなくなり、再び狭い膣道をぎちぎちと押し開いてやってくると、歓喜のあまりに小春の身も心もぞくぞくと震えて、嬌声が止まらなくなる。

「あ、んっ、ああ、維玖……気持ちいい。どうしよう……もっと欲しい。満たされているのに、隙間なく……維玖が欲しい」

「嬉しい、ね。いいよ、俺をあげる。小春、奥まで感じて」

維玖は腰を回すようにして、彼女の最奥へと深く穿《うが》った。

「あああ、奥……奥にくる。そこだめ、気持ちよすぎてだめ！」

小春はあまりの快感にぶるぶると震えながら、身悶《みもだ》えた。

「ああ、なんていう可愛い顔で感じるんだよ、小春。ああ、こんなにきゅうきゅうと締めつけて……手加減、してくれよ」

濡れた毛先から汗が滴り、維玖の上気した精悍な身体に伝い落ちる。

気だるそうに喘ぐ維玖は一段と強い色気をまとい、時折くっと眉間に皺《しわ》を寄せては、喉元をさらすように上体を反らせ、乱れた呼吸を繰り返す。

そんな維玖を見ていると、さらに身体が昂ってしまう。

「そんなに……じっと見るなよ。恥ずかしい、だろう?」

(ここでまさかのデレ……。なんなのこの色気のかたまりは。身がもたない……)

「わたしのことは、見ているくせに……」

「俺はいいんだよ。ずっとずっと……見たかったから。俺の腕の中で、女になる小春を。俺に感じてよがってイッてしまう……可愛い小春を見たかった」

「……っ」

「好きだよ、小春」

動きをとめ、とろりと蕩けた顔で維玖は言う。

「昔からずっときみが好きだった。恋人から始めるつもりが、それを通り越してスピード婚で夫婦になってしまったけど、俺はきみを手放すつもりはない。昔から……小春を俺のお嫁さんにしたくてたまらなかったから」

維玖は小春の頬を両手で挟むと、泣いているみたいに微笑んだ。

「小春、きみと会えてよかった」

「わたしも……あなたと会えてよかった」

(あなたを……好きになれればよかった)

維玖は小春の両手を握ると、指を絡ませた。

そしてねっとりとしたキスをして、深く舌を絡ませると、再び抽送を開始した。

ずんずんと勢いよく蜜壷を擦り上げ、最奥を目がけて貫いてくる。

「あぁ、ああっ」

最後だと思うせいか、快楽の荒波が強くなり、勢いをつけてとぐろを巻く渦となる。

「小春……なんてたまらない顔で感じているんだ。どこまで俺を滾らせる？　ああ……きみのすべてが欲しい。すべてを見たい」

「も、もう……見てるわ。こんなにはしたない、わたしを……。これ以上は、壊れてしまうくらい」

「壊れてよ。俺しか考えられないくらい、壊れてしまえ！」

維玖は腰を激しく振り、小春と自らを追い詰めていく。

「や、やだ。本当に壊れる……壊れちゃうから！」

快楽の渦は怒濤《どとう》の勢いで、小春を呑み込んでいく。否応《いやおう》なく。

「俺も壊れるから。小春……一緒に。これからも、どこまでも一緒に……！」

この先を願う維玖と、これきりだと覚悟する小春――。

交わらない悲しみを抱えながら、小春は乱れた。

「あああああっ！　維玖……くる、なにかが来る！」

「大丈夫だから。俺が……俺がいるから。小春が好きなのは……ここだろう？」

剛直を激しく突き上げられ、小春は悲鳴じみた声をあげた。

駆け抜ける快感に、身体をばらばらにされそうな恐怖を感じながら、小春は維玖の手を握りしめたまま、彼の肩で揺れる足先にぐっと力を入れる。

「イッちゃう。わたし……ああああっ！」

身体を弓なりにさせた瞬間、叫び声をあげながら小春は弾け飛んだ。

そして同時に維玖も小春を強く抱きしめ、ぶるぶると震えながら大きく呻《うめ》いた。

「小春、俺も……小春！　ああ、く――っ！」

小春の中でぶわりと膨張した剛直が、熱い飛沫《しぶき》を迸《ほとばし》らせた。

何度も何度も腰を押しつけられ、放出する熱は止まらない。

そして維玖は震えた呼吸を繰り返しながら、小春の首に顔を擦り寄せ、互いにとろりとした目を合わせると、ねっとりとしたキスを繰り返した。

「……いっくん、すごいね。まだ……出てる」

すると維玖は首筋を真っ赤にさせて答える。

「初めてだっていうこと、わかった？」

「……うん」

「初めてだから……欲情を制御できない。……違うな、小春の身体がこんなにもいいということを知ったから、発情が止められないのか。俺、男として目覚めたばかりで、まだまだ終わらないから、小春も頑張ってね」

「……頑張る……？」

黒く染まった維玖の笑みと、向けられた不穏な言葉。よからぬものを感じた小春が身体を離そうとしたが、逆に強く抱きしめられた上、局所は繋がったままだ。

維玖は小春の耳元に、熱い吐息たっぷりに囁く。

「そう。休日の役所に行くことができなくなるくらい、俺……きみの腰を砕くから」

「な、なななんのことで……」

「きみが俺の出した条件に乗ったのは、俺を萎えさせて離婚する気満々だったからだろうけど、残念ながら現実は違った。たった一回のセックスで俺が満足して眠った隙に、役所で婚姻の取り消しを訴えてみようと考えていたんだろう？」

「うう……」

目論見《もくろみ》は、始めから見破られてしまっていたのだ。

「俺は離婚条件を変えるつもりはないし、現状況で離婚ができると思っている？　きみだって思い知ったはずだ。俺ときみの身体は、相性が抜群だっていうこと」

「そ、それは……最初だったからかもしれないし」

「そうだね。その可能性もあるかもしれないね。だったら確かめようか。二度目も三度目も……二桁の回数になっても。俺たちは最初のように、感じまくってしまうのか」

（ふ、二桁……って……。笑っている目が、本気みたいで怖いんですけど……）

「セ、セックスというものは、一回すれば十分で……」

「本当に十分？　小春の腰が動いておねだりしてるのに？」

耳元に囁かれたのは、艶っぽい声。

「違っ……」

否定しながらも、小春は指摘されて気づく。

身体に残る甘い余韻を、自分から求めていたことに。

「俺とのセックス、気持ちよかった？」

甘い声音に身体がぞくぞくしてくる。

「繋がったままの俺をきゅっと締めつけて……素直だね」

「違っ、これは、その……はぁ……んっ」

繋がったまま大きく腰を回され、小春の口から嬌声が出てしまった。

「ふふ、離婚なんて考えられなくなるくらい……もっと愛し合おうか」

維玖が妖艶な目を細めて含み笑いを見せたのを合図に、熱くて甘い初夜が自動的に延長された。

彼は、有言実行な男であることを実践してみせた。

(超ハイスペック元ＤＴを甘く見てた……。急成長率と絶倫度……半端ない……)

小春は目を回すほどの快楽を刻まれ、まともに歩けないほど腰を砕かれてしまったのだった。

第二章

月曜日、朝――。

出勤者が多い始業時刻三十分前、ツキヤマツーリストのエントランスへと続くタイル調の外階段前に、シルバーの高級外車が横付けした。

運転席から颯爽《さっそう》と降りて来たのは、スーツ姿の維玖である。

彼は外から助手席に回ると、薬指の指輪を煌めかせてドアを開けようとしたが、助手席にいる小春が内側からドアノブを引いてドアを開けさせまいとする。

維玖は半分だけ開けられている窓から、にっこりと微笑みながら言った。

「いいの？　どんなお姫様が出てくるのかって、皆が固唾《かたず》を呑《の》んで見つめているけれど」

すると小春は自分でハードルを上げていることに気づいて抵抗を諦め、身体を小さくして車から降りた。目だけをきょろきょろと動かして周囲を窺《うかが》うが、案の定、たくさんの視線を浴びている。

（は、恥ずかしい……）

〝澄香避けのお守り〟として、維玖に薬指に嵌められた指輪を片手で隠しつつ、小春は開きっぱなしのドアからまた車内に逃げ込もうとした。

しかし維玖が直前でドアを閉めてリモコンキーで鍵をかけてしまい、さらに小春の左手を持ち上げると、指輪にキスをして見せる。

「く……」

羞恥に震える彼女に、維玖はくすりと笑った。

「俺が車で送ると言った時に素直に応じていれば、出勤者の多い時刻に会社の真ん前に車を停《と》めることはなかったんだよ？」

さも時間がなくなったからだと言わんばかりであるが、マンションを出た時間は遅くない。

それなのに維玖は最短距離を告げるカーナビを無視して遠回りした末、この時刻この場所に車を停めたのだ。

これはどう考えても、わざとである。

（一緒に出勤したのを知られたくないから、裏道に停めてほしい……って言ったのがいけなかったのかしら。だっていかにも……お泊まりしてましたという感じで恥ずかしいじゃない！）

そんな女心は伝わっておらず、逆にもじもじとしている小春を見てなにを勘違いしたのか、維玖は彼女の腰に手を回して耳元に囁いた。

「歩くと……蜜が垂れてきちゃった？」

「ち、違……っ」

小春は赤信号になるたびにキスに酔いしれたことを思い出して、頬を熱くさせる。

『キスだけで濡らしたの？　出勤前につらいね、俺が蜜を掻き出してあげる』

裏道の路肩に車を停めて、キスをしながら秘処を指で掻き回された。

『とろっとろ。ふふ、きみの顔まで蕩けてる。いいよ、気持ちよくなって』

この休日、維玖に甘く抱かれすぎたせいで、意味深に身体に触れられたり、いやらしいキスをされると、刻まれた快感を思い出して身体が蕩けてしまうようになってしまった。

頭の中ではいけないと思っているのに、身体が維玖の刺激をたくさん感じたくて、ふにゃりとなってしまうのだ。

こんなにも早く、維玖に欲情する身体に作り変えられるとは、予想だにしていなかった。

小春がそれを嘆いていることを知りながら、維玖はわざと淫らに囁く。

「きみの蜜、口で啜って舐めとってあげた方がよかったかな。でもそれをすると、いやらしいきみは悦んでもっと蜜を溢れさせてしまうし、俺も……ずぶりと根元まで挿《い》れたくなる。……今夜、また挿れさせてね。俺も……早くきみの熱い襞《ひだ》に包まれ、愛され……きみとイキたいから」

小春は羞恥に真っ赤になり、ぶるぶると身を震わせた。

(絶対に確信犯だわ。優しいのか意地悪なのか、わからない……)

この週末、昼夜問わずずっと彼の剛直を小春の体内に挿れられていたせいで、小春は維玖の吐息交じりの色っぽい囁きを聞くだけで、その感触をリアルに思い出してしまう。

彼の感覚が体内にないのを寂しく思うくらいには、彼に染まってしまったのだが、維玖はそれをわかっていて、わざと小春をいじめるのだ。

それを何度詰ったところで、維玖はどこ吹く風。

『俺、女性経験は小春だけなんだ。すべてが初めてばかりでわからないことだらけ。そんな超初心者の俺が、きみの思考力までいやらしく蕩けさせるテクニックなんてあるわけないだろう？』

（くぅ……。考えるな、じゅくじゅく疼いているように感じるのは、気のせい……）

熱い初夜は終わったはずなのに、まだ続いているように錯覚してしまう。

快楽漬けだった特別な休みが終わり、仕事に追われる日常が戻れば「さあ、離婚《リセット》して一から頑張るぞ！」と、夢から覚めた新たな心地になると思っていたのに、それがない。

むしろ日常に、維玖との生活が、当然のように組み込まれてしまっているような気がする。

（彼の初恋はセックスで成就したのだから、それに満足して今度こそ彼も現実を見直すと思っていたのに、その気配がないなんて。完全に読み違えてしまった……）

色々と考えていると、維玖がふっと笑った。

そして意味ありげに小春の腹を撫でて、離婚に動く小春の思考を強制終了させる。

「この週末、たくさん繋げてふたりでイッちゃったね。覚えてる？　焦らしていたら、もっと奥まで強く突いてって俺におねだりしたこと。それをしたら、きみがどうなったのか」

忘れるはずがない。維玖とのセックスは、あまりにも刺激的で小春の理性を壊したのだから。回を重ねるごとに維玖が欲しくてたまらなくなった。

愛される悦びに乱れに乱れ……かなりはしたない姿を見せつけただろうに、維玖はそのすべてを受け止め、悦んでくれた。そして小春好みのセックスをする男へと成長を遂げて、甘く情熱的に小春を包み込んだ。

その瞬間、小春は王子様に愛されるに相応しいお姫様気分になり、幸せだった。

しかし理性が戻ってくると、彼の身体に溺れてしまったら離婚ができなくなるではないかと頭を抱える羽目になる。

そんな小春の葛藤を感じ取った維玖に、執拗《しつよう》に抱かれた結果がこの有様だ。

下半身に力が入らず、よたよたとして歩けない。

小春はげっそりとしてぐったりなのに、維玖は元気溌剌《はつらつ》でお肌もつやつやだ。

太陽以上に輝く美貌を際立たせている。

(生まれの違い？　男女の違い？　出来の違い？　精力の違い？　学習能力の違い？)

元ＤＴに今も翻弄されているのは、不条理とも思う。

「きみが可愛すぎて、手加減の仕方がまだわからない。何度も練習しないとね」

(もう十分、練習したでしょうが！)

維玖の色香も甘い匂いも倍増しになって、頭がくらくらしてくる。

小春が作り変えられたように、維玖も作り変わったのかもしれない。

「小春。夫婦になって記念すべき初出勤に、お姫様抱っこにする？」

この色気に籠絡されないよう、ここは毅然《きぜん》と――。

「いりません！　目立つことはしないでよ。ここまでありがとう。ひとりで歩けるから」

「そう？」

階段を上っている最中で、突然腰から手を離されると、小春の身体がぐらぐらと揺れ、水泳のクロールでもしているかのように両手を大きく回してバランスをとる。

「お、落ちる！　助けて！」

「ふふ、仰せのままに」

そうして小春は、両手を広げる維玖の身体にすっぽりと包まれて、事なきを得た。

「生まれたての子鹿みたいだね。鹿せんべいでも食べる？」

「鹿せんべいは、奈良の鹿さんにあげてください！　……っと、もう大丈夫だから離して」

「……縋《すが》ってきたのは、きみだよ。もうちょっとこうしたい」

「ここ会社の前だから。皆が見ているから！」

抵抗してみるが、身動きがとれない。ますます力を込められた気がする。

「そうだね、見られているよ。俺たちが抱き合っているのも、俺たちがしている薬指の結婚指輪も、ばっちりと……」

「え？」

そんな時だ。

「おはようございまーす。朝から、ラブラブをごちそうさまです」

多可子の声だ。

「多可子……助けて。がっちりホールドされて、抜け出せないの！」

　だが多可子はそんな小春の声を無視して、維玖に明朗とした声を響かせた。

　誰の耳にも届く、澄んだ声音だ。

「このたびはご結婚おめでとうございます。小春の具合を見ていれば、それはそれは燃え上がった週末だったんでしょう。羨ましいですね、新婚さんは！」

（ひぃぃぃ！　皆、維玖の結婚宣言は澄香のパーティーで聞いていても、挙式には呼んでいないから、結婚したかどうかは知らないのよ。悔しがる澄香が吹聴《ふいちょう》するわけないし、皆が知らないままでいさせて！　穏便にひっそりと離婚させて！　多可子は味方でしょう⁉）

「はは。小春と結婚できて嬉し過ぎてね。ところで木南さん、〝彼〟とは……」

「はい、おかげさまで次の面会を取りつけました。さすがは若宮家の御曹司です。野心だけ立派などこかの腐れ男の節穴の目とは違い、私が求める人物像をすぐに見抜き、ここまで理想的な人材を確保してくれるとは！」

　仕事のことを話しているように聞こえるが、婚活案件である。

　伝説級のカリスマカウンセラーの手腕によって、理想的な男に出逢えてなによりだが、婚姻届の提出の密命を果たしたからこその褒美であると思えば、複雑である。

（しかも多可子がこんなに大きな声で、他人行儀に接しているということは……周囲に聞かせているんだ。わたしの結婚相手が誰なのかを）

「実は若宮さん。私たちは今日朝イチで、今日から始まる新規プロジェクトのミーティングに出ないといけませんので、奥様を引き取らせていただいてもよろしいでしょうか。若宮さんに代わり、大事に社内にお連れしますので！　もちろん、若宮さんとお揃《そろ》いの素敵な結婚指輪は、奥様の薬指から外れることがないよう、見張らせていただきますので！」

(多可子、ところどころ、なんでそんな単語を大きな声で言うの!?)

「ミーティング……。そうだったのか。それでは我が妻をよろしく頼む」

「かしこまりました！」

そしてようやく維玖の身体が離れる。

(ふう。苦しかったけど、温《ぬく》もりがなくなったら、なんだか寂し……くなんてないわ！)

「ん？　頑張ってのキスが欲しいって？」

「いりません！」

怒って拒んでいるのに、維玖は愉快そうな顔で投げキスを寄越した。それをしっしと追い払うと、「ツンデレなお嫁さんだな」と、実に嬉しそうな様子で去っていく。

(ようやく行った……)

「……ほー。すごく切ない顔で見送るじゃない」

「え、切ない!?　そんなことないよ。公衆の面前でからかわれて、穴に入りたい気分だし」

「へぇ……？」

多可子はにやにやとしながら、小春の腰を支えつつ階段をのぼる。

「でも小春、数日で老けたね。王子様にがっつりと美味しくいただかれたようで。王子様は見事にラブラブエキスを吸い取って、人間離れした色気の化け物となってしまったけど」

……らしい。多可子の目では。

「元彼にはない情熱を注いでもらえてよかったね」

「え？」

「今だから言うけど、小春……あの腐れ部長とお泊まりした後も、ちっとも幸せそうな顔をしてなかったし。可もなく不可もなく、義務だけ果たしました、みたいな」

さすがは観察眼が鋭い多可子だ。図星をさされて小春はぎくりとした。

「関係を秘密にしていたせいもあるのかもしれないけど、付き合いたての初々しさというか、ラブラブさがなかったんだよね。なんかこう、小春ばかりが頑張っているのが、痛々しいところもあって。でも腐れ部長と付き合うことで小春が雰囲気を変えて、仕事も頑張り始めたから、そういう関係もありなのかもと、私も口を挟まないで見守っていたのだけれど」

「多可子……」

「でもあの御曹司の場合は違う。小春が可愛い女の子みたいで微笑ましい。可愛い可愛い言われてたんじゃないの、こいつ〜」

肘でつんつんと横腹を突かれたため、踏ん張りが効かずにぐらりと傾きかけてしまった身体を、慌てて多可子が支えてくれた。

「でも……離婚しなきゃ。まさか彼が多可子まで味方にして、本気で婚姻届出すとは思ってなくて。偽装結婚って、結婚式を偽装するだけで終わると思ってた。だからふりだけなら……と思ったけど、まさか戸籍にまで影響が出るとは」

小春はため息交じりに嘆いた。

「小春がわかっていなくても、彼はわかって動いたの。本人の意志があってのこと。だからあとはあんたさえ、納得できたのなら……離婚しなくてもいいんじゃない？　ゆっくりさ、ふたりの時間を積み重ねて判断してもいいと思うよ。嫌いじゃないのなら」

好きか嫌いかと聞かれたら、嫌いではない。

意地悪だけれど信頼できるし、尊敬もしているし、一緒にいて楽しいし、好きだと言い切れる。

だけどそれが即、恋愛感情かと聞かれたら、返答に詰まってしまう。

怖いのだ。彼に対する好意の正体を、突き詰めて考えることが。

ただひとつ言えることは、彼に抱いているのは友情だけではないとは思う。

友達とはセックスはしない。

男としてあんなに意識することもない。

「それに彼も、簡単に離婚できなくするためにも、朝からこんな茶番を繰り広げたのだと思うよ。一気に広まると思うよ、あんたが結婚したこと。そして身体の関係がない白い結婚ではないことも、ふたりの様子で示した」

「……っ」

「これでただの演技、ただの友達だと言われた方が、人間不信になるレベルでのいちゃつきだったし、傍目《はため》ではどこにも偽装の要素はなかった。それを見せつけたおかげで、あっちで怖い顔をして睨みつける澄香の思惑も打ち消された」

「いたの？」

「そ、いたの。隣の腐れ部長と手を繋いでね」

「全然気づかなかった……」

「だろうね。彼は小春を抱きしめて、澄香にどや顔をして見せたのよ。これからは夫である自分が、澄香の悪意から全力で小春を守ると。そして部長には、殺気にも似たあからさまな敵意をぶつけていたわ。よほど嫉妬と憎しみを抱いているんだね。小春を独占した末に捨てたことを」

自分のことでいっぱいいっぱいだった小春は、維玖の細やかな様子にまで気が回らなかった。

「若宮家の御曹司はかなりの切れ者で慧眼《けいがん》の持ち主よ。私も部長も足元にも及ばない。だから……見合いも最高だった。わずかな質問に答えただけなのに、私の好みのど真ん中の相手をセッティングしてくれた！」

クールな多可子が頬を赤らめて褒めるくらいだから、見合い相手をかなり気に入ったのだろう。

維玖は小春の知らないところで色々と暗躍していたようだ。

「ただ、澄香の悪辣さは見誤らないことね」

多可子は急に顔を硬化させて言う。

「澄香は、自分が優位に立つためなら手段を選ばないタイプよ。元々非常識な上に、社内では社長令嬢だとちやほやする社員が多かったものだから、周囲を従えられるものだと勘違いしている。それを正してくれる人間もいない。小春だけなのよ、澄香を教育しようと厳しく接したのは」

「……だから恨まれ粘着され、わたしにマウントを取りたいためだけに寛人さんを略奪したと」

「そう。普通はそこが到達点にはならないけどね。あの部長では澄香を制御できないだろうし、産まれてくる子供が不憫《ふびん》。あのカップルに、真実の愛があるように見えないから」

小春も同感だ。ギブアンドテイクだけの契約恋愛をしているようにも思えてくる。

「さてさて澄香は、極上の御曹司を目の当たりにして、部長で満足できるかしら。あんたを出し抜いて優越感に浸りたいだけの井《い》の中《なか》の蛙《かわず》が、大海を知っても……奪った男は御曹司より魅力的で最高だと思えるのか。小春も感じているでしょう？　部長より御曹司の方が男気あって、よほど小春を大切にしてくれること」

「……うん」

小春が素直に頷くと、多可子は笑って小春の背をぽんぽんと叩いた。

「離婚をしたい理由だってどうせ、彼が御曹司だから……というものだけでしょう？　そこのわだかまりさえなくなれば、昔の思い出がない元同級生であっても、初対面同然の男とたった二週間の交流しかしなくても、結婚してもいいかなと思えるくらいには……彼に惹《ひ》かれている。外見ではなく、内面に。……違う？」

小春は答えなかった。

違うと答えられる要素が、なにもなかったからだ。

◇・＊・◇・＊・◇

「チーフ、結婚されたんですって⁉　わ～、それ……今話題の結婚指輪じゃないですか！　雑誌のブライダル特集で、最高位評価の指輪として紹介されてました。うわー、すごい！」

「お相手は、あの若宮家の御曹司なんですよね？　羨ましい～」

「なんで全社員を挙式に呼んでくれなかったんですか！　私も参列してみたかったのに。私の知り合いにルミエール・マリアージュで挙式できるセレブなんていませんから」

大勢の社員から好奇の眼差しを向けられたり、結婚について質問攻めにされたりする小春は、ぎこちなく笑ってミーティング室に逃げ込んだ。

（なんなの、先週までは二股女と陰口言っていたくせに、本当に結婚したとわかったら、手のひら返してわたしに媚びを売ってくる。澄香の取り巻きも、やけに好意的に接するようになったし）

誰が誰をパートナーにしたかで、社内の力関係が変化するのかもしれない。

かたや日本屈指の巨大グループの御曹司。

かたや一企業の部長。

（馬鹿らしい。誰がパートナーであっても、どうしてわたしが当然にパートナーの力を使えると思えるのかしら……）

ため息をついていると、室内に社員がやってきた。

これから、新規プロジェクトの第一回目となるミーティングが行われる。

招集をかけた責任者は山下克美《やましたかつみ》常務で、昨年営業部の部長からツキヤマツーリスト初の女性重役となった人物だ。

選出されたメンバーは、営業部とイベント企画促進部の役職者だった。

イベント企画促進部は、イベントの企画立案を担当するイベント企画課、顧客の抱える問題点を探り、解決方法を提示した具体的なイベントを押し進めるイベント促進課、市場動向を調査するマーケティング課があるが、その三課をとりまとめる部長が寛人である。

当然寛人も、各課の課長やチーフとともに、会議に出席している。

営業部からは、営業の花形と言われる営業一課より、課長と多可子だけの参加のようだ。

誰もが過去にプロジェクトチームに属した経験があり、中でも小春と多可子はいくつかプロジェクトリーダーとしてメンバーを統率したこともある。

現在役職者である気鋭の社員たち……の中で、ひとりだけ得意顔をした異質の存在がいた。

(なんでここに澄香がいるの?)

驚いた小春は、思わず多可子と顔を見合わせた。

新規プロジェクト推進に役付きが会議に参加するのは、大きな案件になるものが常であり、そこに問題児のヒラ社員が混ざるのは異例の中の異例。なにか面倒臭い思惑がありそうだ。

山下常務は今年三十五歳になる、独身の典型的キャリアウーマンだ。

ツキヤマツーリストの大手取引先を次々と開拓した功績で、昨年常務に昇進した。

美人だが、ヤクザとも平気で渡り合えるくらい男勝りの性格をしており、多可子の営業能力と根性を高く評価していて、色々な場所に連れていっては、経験を積ませ度胸を鍛えてきたらしい。

『私、山下部長のようになりたいの』

ばりばりと働く彼女を目標にして、多可子は長かった髪をばっさり切った。それくらい多可子は、常務を尊敬している。

(だけど寛人さんは、女性が出世するのはおかしいと馬鹿にしていたわ。わたしが入社する前、寛人さんは営業部にいたと聞いた。山下さんにはお世話になっていたはずなのに……)

寛人には元々、女は出しゃばらずに男に尽くせという、男尊女卑の傾向があった。

だから多可子とはウマが合わなかったし、多可子も苦手意識を強めていた。

それでも小春は、寛人が自分の仕事ぶりを認め、時には頼って仕事を任せてくれるのが嬉しくて、もっと彼の片腕になれるよう頑張ろうと仕事に励んだ。その結果が――裏切りだ。

(寛人さんと澄香が一緒にいるプロジェクトで仕事をするのは正直しんどいけど、公私混同しないで頑張ろう)

常務が淡々とした口調で説明を始めた。

「実は全国展開している老舗の大手ホテル……後埜《あとの》ホテルのグループ総帥《そうすい》、後埜源治郎《げんじろう》氏に営業をかけていたところ、〈繋ぐ〉というテーマで彼を満足させられるものを企画できたら、この先のイベント提携を考えてもいいという返事をいただいてな。これを必ず成功に導いてほしく、我が社の精鋭たちが集った」

（後埜ホテル……）

小春はそっと多可子を窺った。多可子は緊張した面持ちながら、その目を鋭くさせている。

後埜ホテルは、東京を中心にして全国に点在する。一流と呼ばれる帝王ホテルには及ばないが、歴史は長い老舗の高級ホテルとして有名だ。ホテルの外観や内観もさることながら、パンフレットやリーフレットに至るまで、どれをとっても高級感が漂い、上品さと優雅さがある。

そんなホテルを束ねている長が、現代のホテル王とも名高い後埜総帥であり、八十歳を過ぎているのに頗《すこぶ》る元気な老人だという。だが気難しいことでも有名であり、特に仕事に対しては厳格な人物だ。

相手がどんなに世界的な有名人だろうと、いい加減さを認めた途端に怒髪天を衝《つ》いて、容赦なくクビにする。

そのためツキヤマツーリストの社内システムでも、営業をかける際には要注意人物として名が上がっていた。

多可子も総帥に営業をかけたい人物のひとりで、入社二年目で少し仕事にも慣れてきた頃、常務が営業をかけても断られたという総帥をターゲットにしたことがある。

何度目かのアポが通って対面が叶い、会社に戻ってきた時、多可子はすごく落ち込んでいた。どんなやりとりがあったのかは詳しく語ろうとしなかったが、鼻っ柱を折られたらしい。

「悔しい」と小春に泣いてみせたのは、後にも先にもその一件だけだった。

総師と会ったことで己の未熟さを再確認したらしい多可子は、営業に対する考えが変わったようで、それから営業のエースとして覚醒することになった。

（総師は、多可子の営業に対する姿勢を変えてくれた、恩人でもあるのよね……）

あれから何年も経ち、今では多可子も社長表彰の常連社員だ。

総師を唸《うな》らすことができるくらい、実力をつけてきたはずだ。

（頑張れ、多可子。わたしも頑張るから）

「私見だが、総師は一を聞いて十を知る……そんな相手じゃないと認めない人だ。総師に言われただけの仕事ではだめだ。必ずそこにプラスアルファを付加して、総師の予想を超えるものでないと。総師はこのテーマについて質疑応答はすべてを拒絶し、できあがった企画の発表……プレゼンの時のみいらっしゃるそうだ。期日は二週間。……厳しい条件ではあるが、きみたちなら総師が満足するものを企画できると思う」

山下常務はひとりひとりの顔を見渡していったが、最後に澄香の顔を見ると実に微妙な表情になり、すぐにレジュメに視線を落とした。

（常務は実力主義と聞くから、これは……社長にごり押しされて、仕方がなく澄香を入れたな）

「山下常務……ひとつご提案がありまして」

突然挙手をして発言したのは、寛人だった。

「全員でひとつのプロジェクトを進めるのではなく、メンバーをふたつに分け、それぞれ後埜総帥にプレゼンして、どちらがいいか決めてもらうというのはどうでしょう。ちょうど十名いるので、五人ずつの」

「コンペ形式にするということか？」

「そうです。ひとつの案をイエスかノーかではなく、どちらかを選ぶ形式にすれば、必ずひとつの案は通る。後埜総帥は厳しいことでも有名な御方《おかた》ですし、保険をかけた方がいいかと」

「誘導作戦か……。確かに手玉は多い方がいいし、ふたつのチームで競合してやるのもいいかもな」

（このメンバーをふたつに……？）

「それで小山内部長は、チームをどう分ける？」

「ご許可頂けましたら、私をチームリーダーとした五名のAチームと、それ以外の五名のBチームにて。こんなチーム分けはいかがでしょうか」

寛人はホワイトボードの左と右に名前を書き出した。

左側にはAと記して寛人の名前の横に四人の名を書き、右側にはBと記して残りの五人の名を書く。

小春はその名前を見て目を細めた。

寛人の率いるAチームは、澄香を含めて寛人の取り巻きといってもいい信徒ばかりだ。

逆にBチームは、日頃から寛人が気に食わないと言っていた、アンチ寛人派傾向が強い者たち。

（これは……プロジェクトにかこつけて、彼にとって不必要で、目障りな奴らを難癖つけて一

掃する気なのかも)

小春は、多可子とともにBチームに名が書かれていた。

要らないものと、切り捨てられたのだ。

小春はくっと唇を噛みしめながら、Aチームに書かれた澄香の名を見つめた。

(寛人さんにとって、わたしは……澄香以下なのね)

まるで仕事ができない澄香にも劣る存在だと、明言された気がした。

(澄香の意思なのか、寛人さん意思なのか、ふたりの意思なのかわからないけれど、わたしを含めた気に食わない社員を排除して、手柄を土産にのし上がるつもりね)

「ははは」

笑い出したのは常務だ。

「そういう〝挑発〟は嫌いではない」

彼女の目は笑っていなかった。

(多分、常務は寛人さんの魂胆を見抜いたんだわ)

「挑発だなどと、とんでもない」

超然と笑って答える寛人に、笑みを崩さぬまま山下常務は尋ねた。

「小山内部長は、今まで後埜総帥と会ったことはないな?」

「それがなにか？　俺はどんな難攻不落な相手でも、必ずこちら有利に落とす自信があります。たとえ、あなたにはできないことであろうと、俺なら懐柔してみせます」

刺々《とげとげ》しい嫌味《いやみ》だ。それと同時に『後梵総帥を懐柔できる俺こそ、常務の座に相応しい』と、喧嘩を売っているようにも聞こえる。女だからという理由からか、それとも山下常務個人に不満があるからなのか、彼女よりも自分の方が優れていると確信しているような態度だ。

少し前まで、寛人はここまで慢心した態度をとることはなかった。

それが変わったのは、澄香という後ろ楯《うしろだて》があるからなのかもしれない。

常務は大人の対応をして憤慨はしなかったが、言葉に刃のような鋭さを秘めて言う。

「だったら……身の程を知るいい機会にもなる」

小春は昔の多可子の泣く姿を思い出して、思わず視線を向けると、多可子の目には寛人に対する静かなる怒りが揺らめいていた。

「では小山内部長の提案に乗り、ふたつのチームでイベントの企画をしよう。Aチームのチームリーダーは小山内部長。Bチームは……」

その時、澄香が言った。

「何度かリーダー経験がある、一ノ瀬チーフや木南チーフはどうですか？　それとも小山内部長が相手では自信がありませんか？」

あからさまな澄香の挑発に、寛人は目を泳がせている。

（そうか、澄香はどうしてもわたしを追い詰めて排除したいのね。二股をかけてると吹聴して会社に居づらくして、あわよくば自主退職を……と狙っていたのに、寛人さんよりハイスペックな人と結婚してしまうんだもの。維玖に比べたら最高のイケメンだったはずの寛人さんが、

結婚前から霞《かす》んで見えるだろうし、散々よね。でも)

仕事に、そうした私情を持ち込んでくること自体、おかしい。

仕事と恋愛を混同した結果、営業部から異動となった上、仕事には真摯な姿勢で臨むように
と小春が教え込んだにもかかわらず、澄香はちっともわかっていなかった。

プロジェクトは会社の発展のために全員が一丸となって成功させるべきなのに、煽り、いが
み、醜い悪意をぶつけて、足を引っ張り合おうとするのなら、もう許さない。

寛人も寛人だ。たとえ野心があったとしても、会社を盛り立てたいという情熱はもうないの
だろうか。会社より自分の地位や名声にこだわるのなら、ただの暴君だ。

復縁を迫った時に拒んだから？

寛人に未練を残さないで、格上の男と結婚したから？

だから踏み台にして、思い知らせようと澄香に共感したと？

(ふざけないで。仕事を道具にして、好きなようにはさせない)

それは小春に芽生えた激しい怒りだ。

愛を失い、敬意までも失ったら、寛人の存在は小春にとって——無。

上司としても必要ない。

(わたしを口実に、他の社員までも巻き込まないで)

小春は席から立ち上がってはっきりと言った。

「では、わたし……一ノ瀬小春が、Ｂチームのリーダーをさせていただきたいと思います。た

だ、メンバーについては」

意を決して多可子を見ると、それだけで彼女は察した。

ふっと表情を緩めるとこくりと頷き、挙手をしてから発言した。

「彼女と私、木南多可子のみでやらせてください」

室内がざわついた。

「ただし人手が必要と思われる場合は、外部に応援を頼みます。役職者でなくとも十分なので」

小春は多可子の意見に頷いた。

寛人がこの機に潰したいだろうメンバーを、わざと寛人のいるAチームに押しつけることで、小春のチームが負けたとしても犠牲を最小限に留《とど》める――それは意趣返しでもある。

「築山さんが言ったように、わたしたちはチームリーダーを何度か経験していますし、木南チーフは後埜総師と会ったことがありますので、対策はとりやすい。小山内部長は後埜総師の信頼を得る自信がおありのようですし、より完璧に実力ある皆さんでカバーしあって企画を練っていただけたらと。わたしたちは別のアプローチで企画を練ります。似たような起案を総師に見せるより、色を変えた手玉を用意した方がよろしいのでは？」

山下常務は腕組みをして考えていたが、やがて頷いた。

「面白いな。それでいってみるか」

「それは、ちょっと……」

寛人が渋ると、常務は冷ややかに言った。

「小山内部長。必ずどちらかが選ばれるようにしようという、きみが提案した心理作戦に乗ったんだ。Ｂチームがどんな形態の企画を作ろうが気にせず、Ａチームみんなが自信を持てるような素晴らしい企画で、是非総帥の心を掴んでみてくれ」

小春は寛人の焦りを見てとった。

それはそうだろう。ふたつに分けた意味合いがなくなるのだ。

役職者のほとんどを揃えている寛人のチームが、女ふたりのチームの企画に負けたら、逆に無能と見なされて責任追及される可能性が高くなるのは彼の方だし、寛人たちのチームの企画が勝ったとしても、言いがかりをつけて蹴落とせるのは小春と多可子しかいない。

澄香は喜ぶだろうが、寛人としてはおとなしく仕事をしている小春を追い詰めるより、出世の妨げになる他の社員の方を先になんとかしたいだろう。

常務の後押しもあり、小春の提案が受け入れられた。

「ではＡチームの方々、わたしたちも持てる力を振り絞り、全力でやらせていただきますので、どうぞよろしくお願いします」

私情をすべて捨てた小春は、目に強い力を込めて、まっすぐ寛人と澄香を見つめた。

寛人はなにかを言いたげに瞳を揺らして目をそらしたが、澄香は忌々しげな顔だった。

煽ったのは彼女なのに、ここまで堂々と、しかも無謀な条件下で受け立つとは思っていなかったらしい。

ミーティングが終わると、多可子が小春のもとに駆け寄ってきた。

「面白いことになったじゃない。チーフコンビでやってやるわよ、小春」

多可子の顔は好戦的に輝いていた。

「ええ。頼りにしてるよ、相棒！　後埜総帥の件、絶対にリベンジ成功させよう」

「もちろん！　今度はすごすごと引き下がるものか！」

ふたりは拳をかち合わせ、共闘を誓い合った。

背後から視線を感じたが、誰からのものかはわからなかった。

◇・＊・◇・＊・◇

「多可子と話し込んでしまったから、もうお昼の時間！　コンビニに早く……っと、内線が。

はい、イベント促進課、一ノ瀬です」

『人事労務課の小林《こばやし》です。チーフ、お疲れ様でーす』

それは人事部でよく話している入社四年目の女性社員からだった。

「小林ちゃん、お疲れ様。どうした？」

『うふふふふ。このたびは、ご結婚おめでとうございます！　めちゃくちゃイケメンな旦那様ですね。人気菓子店のケーキ、皆で美味しくいただきましたと御礼をお伝えくださいね』

（な、なに……？）

『忙しいチーフに代わり、旦那様にお持ちいただいた婚姻届受理証明書でできる、諸々《もろもろ》の手続きが終わりましたので返却します。今、そちらへ伺ってもいいですか？　チーフに書いていただきたい書類もありまして……』

小春は半ばパニックになりながら尋ねた。

「こ、婚姻届受理証明書って……婚姻が受理された証拠ってこと？」

『え、ええ……』

（ああ……いっくん、ミーティングがあると聞いたから、その間に役所に行って、婚姻届がきちんと処理されているのか確かめに行ったんだわ。しかも会社での手続きも進めていたなんて……）

なんと抜け目なく外堀を埋めてくる男だろう。

小春は電話を切った後、重い足取りで役所に行って離婚届を持ち帰ったが、維玖がサインをしてくれるかが問題だ。

「でも、すれ違ってふたりの時間を持てなかったら、段々と冷え切るわよね」

新婚初夜で燃え上がりすぎた分、維玖のマンションに帰らず、抱き合って眠ることはおろか顔を合わせることすらなくなれば、その温度差に現実に返るのではないか。

ちょうどプロジェクトが始まったことは維玖も知っているし、これから忙しくなることは必至。場所を知られている自宅ではなく、どこかのホテルに寝泊まりしていれば、そのうちにそれに慣れ、交わらない生活が普通なのだと納得するはずだ。

「隙間風を吹かせてからの方が離婚届のサインもすんなりしてくれるかもね。よし、仕事もたまっていることだし、ばりばりと仕事をして……終電後に連絡しようっと」

そう思って残業をしていたのだが――。

「しかし、連絡がないまま夜中になっていることについて、彼は心配とかしないのかしら」

逆に維玖から連絡がない方が気になってしまう。

「今は少しマシになったとはいえ、朝はあんなによろよろしていたのだから、途中で倒れているかもとか、寛人さんに襲われて身動きとれなくなっていたらとか……まあ、これはないか。べ、別に心配されたいとか思っているわけじゃないけど！」

誰もいないのに、誰に言い訳をしているのかと、自分でも恥ずかしくなってくる。

「雑念を払って残業、残業……。……いやだわ、タイプミスばかり。プロジェクトの企画の方を考えていた方がいいのかも。ええと、テーマは〈繋ぐ〉。先方の指定みたいだけど、なんでそんなテーマの企画を作らせようとしたのかしら。繋ぐ……」

『ふふふ、また繋いじゃった。はあ……気持ち、いいね』

『ああ、激しく奥まで突いていると、きみと繋がったところから、白く濁ったいやらしい体液が溢れてる』

『小春、身体だけではなく、心も……繋がろう？』

小春は頬を熱くさせて突っ伏した。

頭の中には、〈繋ぐ〉イメージがリアルに再生されている。

「忘れろ、忘れろ。もう二度とそんな機会はない……！」

呪文のようにぶつぶつと言いながら、ごんごんと頭を机で叩いて忘却しようとしたが、「もう二度とないのか……」と悲嘆のため息をついてしまい、はっと我に返った。

「なんで残念に思うのよ。離婚、離婚……」

『……今夜、また挿れさせてね。俺も……早くきみの熱い襞に包まれ、愛され……きみとイキたいから』

『きみの蜜、口で啜って舐めとってあげた方がよかったかな。でもそれをすると、いやらしいきみは悦んでもっと蜜を溢れさせてしまうし、俺も……ずぶりと根元まで挿れたくなる』

「……っ、だめだ！　仕事にならない。冷水シャワーを浴びて煩悩を消し去りたい。自宅に帰りたいけど、探偵がまだ張っていたらいやだし、ホテルに入ってさっぱりしてから考えるか」

冷水を何度浴びることになるだろうと思いながら会社を出ると、エントランスのソファに見覚えのありすぎる人物が座っていた。

「仕事、終わった？」

維玖である。

膝の上にあるノート型パソコンをとじるとバッグに詰め込み、にこやかに微笑みながら突っ立ったままの小春の元にやってくる。

「さあ、俺たちの新居に帰ろうか。遅くまでやってる鉄板焼きの店、予約してある。もっときみは精をつけないといけないよ。ふふ、俺も頑張るから、一緒に足腰強くなろうね」

（なんだろう、この泣けてしまう気持ち……。もうどこから突っ込んでいいかわからない）

「それから、きみが今まで住んでいたアパートだけど、ルミエール系列の不動産部門に言って、買い取ったよ」

「か、買い取ったって……」

「ああ。元々、大家さんと話は進めていたんだけど、今日俺が責任をもって立ち会い、きちんと契約を締結してきた。きみの元彼や探偵がうろついたことで住人たちは不安を抱えていたみたいだから、安全な環境になるよう作り変えることにした。明日にでもプロの業者と動くよ」

いつ、大家と売買交渉などしていたのだろう。

（あの大家さん、前にどんな話が来ても絶対に他に売らないって言っていた、かなり頭が固くて怖いおばあちゃんだったけれど、こんな短期間でいっくんに落とされちゃったのか）

仕事が早い上に、スケールが大きすぎて現実味がないけれど、これまでの維玖の仕事ぶりを見ていれば、彼が語っていることは嘘ではないのだろう。

「ではわたしも安心して、家に戻ることが……」

「あのアパートはふたりで暮らすには狭くないか？　まあ常に抱き合っていればいいけれど」

それもいいかもなと、維玖は柔らかく笑った。

あまりに自然な受け答えですぐに理解ができなかったが、少ししてからその意味がわかった小春は驚きの声を上げた。

「ちょっと待って。ふたりでなんか暮らさないわ。今まで通りひとりで……」

「別居なんてしてみろ。情報を仕入れた社長令嬢が狂喜乱舞して、毎日いつ離婚するかときみに聞いてきてうざくなるぞ。プロジェクトが開始したのに、そんなのを相手にできる時間と精神的余裕がある？」

にこやかなのに圧がすごい。小春は思わず一歩退いたが、維玖が二歩足を進めてきたため、距離は開くどころか詰められてしまった。

「それにもう、あそこには住めないよ。部屋にあるきみの私物は、明日にでも若宮系列の運送業者が運んできてくれる。女性スタッフに頼んでいるから安心して。引っ越す時の掃除も必要ない。ご近所さんへの挨拶は、俺がもう済ませておいた。とりあえず荷物は俺のマンションの空き部屋に運んでもらうから、ゆっくりと荷ほどきすればいい」

「ひ、引っ越し⁉」

しかも文句のつけようがないくらい、完璧な手筈《てはず》で。

「俺のあのマンションがいやなら、別のところに引っ越してもいいよ。一軒家でもいいし。物件取り寄せてみるから、一緒に探そうか」

今ならもれなく、維玖がついてくるらしい。

「わたし……だけのおうち……」

「うん？　これからは俺とのおうちだよ」

涙目の小春の頭をいい子いい子と撫でると、突如動きを止めた維玖は舌打ちした。

維玖の視線の先には自動ドアの横に立つ若い警備員がいて、彼が慌てて顔を背けたようだった。

維玖はスマートに小春の腰に手を回して会社から連れ出すと、小春に頬ずりをする。

若い警備員は顔を赤らめて見送ってくれた。

「あ、あの、維玖さん……」

「なんだい、小春さん」

「人事労務課から、婚姻届受理証明書を貰《もら》ったと電話がきて……」

「ああ、小林さんという社員にお願いしたんだ。ちゃんと手続きはしてくれた？」

「……役所に行って、離婚届を貰ってきた。だから……」

「それは、書いて提出したところで受理してもらえないよ」

「どうして？」

「婚姻届受理証明書を貰うついでに、不受理の申し出をしてきたから。お役所さんも大変だ。どれから先に処理しないといけないかわからなくなりそうだよね」

「……なにその、不受理の申し出って」

「ああ、一方的に離婚届を出されないように先に手を打ったんだ。だって、そうでもしないと、きみは離婚届を出して終わらせようとしてしまうだろう？」

「だって、これは……！」

「無駄な抵抗だよ、小春。今日だって残業して冷却時間を長くしていけば、そのうち俺の熱が冷めて離婚できるだろうって考えたんだろう？」

見抜かれていたらしい。だから彼は迎えに来ていたのだ。どれくらい前から待機していたのかはわからないが、小春が淫らな妄想を消し去るために帰ろうとしなかったら、ずっと待っていたのだろうか。かの有名な忠犬ハチ公さながらに。

（やだ……。なにこの、きゅんという心のときめき。ここまでされて気持ち悪く思わずに、嬉しいだなんて……）

そう、嬉しいのだ。

彼が見ているのが昔の自分であっても、いつだって嬉しかった。

『俺は小春を愛している。長く恋い焦がれてきた末に、ようやく手に入った愛おしい女性なんだ。彼女を傷つけるものは全力で攻撃するし、彼女が守りたいものは全力で守る』

たとえ偽装であっても、他人に任せないで、彼が全力で恋人や夫になってくれたこと。

『この傷を愛しいと思っても、気持ち悪いなんて思わないよ。思うものか。……俺が代わってやれればよかった。そうすれば辛い目に遭わずに済んだだろうに』

彼が、傷だらけの自分を、女として愛してくれたこと。

『昔からずっときみが好きだった。恋人から始めるつもりが、それを通り越してスピード婚で夫婦になってしまったけど、俺はきみを手放すつもりはない。昔から……小春を俺のお嫁さんにしたくてたまらなかったから』

離したくないと思ってくれていること。

ありのままの小春を、嫌わずに抱いてくれていること。

「早く観念して、身も心も俺の妻になれよ。身体だけでも嬉しかったのだ。

それを拒んで離れようとしているのは、ひとえに維玖の身を思うからだ。

……いや、維玖のためだけではない。

自分が……彼から離れられなくなってしまう危険を感じるからなのかもしれない。

顔だけの男ならよかった。寛人のように冷めることができる。

だけど維玖は違う。

「できない。わたしはあなたに恋愛感情を抱いてないもの」

最初から特別だったのだ。

ぐちゃぐちゃと理由をつけて逃げなければ、自分が維玖に堕《お》ちてしまうから。

彼に捨てられることが怖いのだ。

傷つけられたくないから、拒んでいる。

「……だったら、なんで泣いているの？　小春の顔は、真逆のことを言っている」

維玖はやるせない笑みを浮かべて、頬を伝う小春の涙を唇で拭う。

「俺のこと……好きでたまらないって言ってる」

「違う」

「きみは思い知っただろう？　俺から逃れる術がないことを。俺が先回りしているということは、きみのことをすべてわかっているからできるものだ」

「違う！」

「俺はきみの敵じゃない。俺はきみを裏切らない。きみだから結婚した。きみのためならどんなことでもする。そう……行動で示してきたつもりなんだけど、まだわからない？」

「初恋は特別に思えるものなんだよ。現実を見てよ。わたしにそんな価値がある？」

小春から涙がぼろぼろと零《こぼ》れ落《お》ちる。

「わたしはいらないと捨てられたの。四年も付き合っていたのに、恋人としても仕事仲間としても。わたしの頑張りはすべて無駄だった。澄香以下の存在だった。そんなわたしは……」

言葉が続かない。震える唇が紡ぐのは嗚咽《おえつ》だけだ。

小春は歯を食いしばり、顔を顰《しか》めて声を絞り出す。

「あなたにそこまでされて愛される資格なんてない。あなたが見ているのは、わたしの幻」

そして拳にした片手に力を入れて震わせた。

「あなたは昔のわたしであれば、今がどんな女であっても、誰でもいいのよ。たまたま職場に、懐かしい女がやってきたから興奮してその気になっただけ。だけどわたしは違う。わたしはあなたのことを覚えていない。どんな容貌でどんなことを話していたのかもなにひとつ。今のあなたは初対面も同然なの。わたしは同級生という肩書きを利用しただけの薄情な女なのよ」

これは八つ当たりだ。それはわかっている。

しかし小春は止められなかった。

今まで胸の中で封じていたものが、一気に堰《せき》を切って溢れ出てしまった。

「なんでわたしに優しくしたの。なんでわたしが欲しい言葉をいつもくれるの。どうしてわたしを惹きつけるの。どうして……わたしと結婚したの。どうして逃げ道を塞ぐの。どうして……どうして！」

小春は両手で維玖の胸を叩いた。

「わたしを逃してよ。あなたがいなければ生きていけなくしないで。特別感を植えつけさせないで。あなたに捨てられたらわたし……前を向けない。わたしがここまで弱い女だと、無価値な女だと……あなたまでわたしに思い知らせないでよ！」

その瞬間、維玖に強く抱きしめられ、唇を奪われる。

小春は維玖の唇に歯を立てて拒むが、維玖は逃げなかった。

宥《なだ》めるように頭を優しく撫で、優しいキスを繰り返す。

ただ触れ合うだけの口づけは、涙と鉄の味がした。

「いいよ、もっと思っていることをぶつけて」

「……っ」

「きみの自己肯定感がそこまで低くなっていたこと、たくさんの不満を抱え込ませてしまっていたことに、俺は気づけなかったみたいだ。これできみのことはすべてわかっているなどと、よく言えたものだ。慢心だな、俺の」

維玖の顔には傷ついたような翳《かげ》りがあった。

「マンションに戻ってもいい？　きちんと話をしたいんだ。立ち話で終わらせたくないから」

真摯な眼差しを拒むことができず、小春は頷いた。

第三章

維玖のマンションのリビングで、ふたりでソファに並んで座る。

窓から見える東京の夜景はきらきらとした光に包まれていたが、涙に滲んでぼやけて見えた。

「俺はね、小さい頃……脳の病気を患って手術をしたんだ。手術は成功したんだけれど、後遺症として呂律《ろれつ》がよく回らず、うまく発音ができない言語障害になってね。そんな俺を慈《いつく》しみ、どんな時でも味方でいてくれた母さんが病死してしまうと、俺はショックで引きこもってしまったんだ」

維玖が小春の肩を引き寄せて、静かに語り始める。

今の彼からは想像できない、秘められた過去を。

「人前にそんな状態の俺を出すことを恥ずかしく思った父は、私立校を退学させ、療養という名で親戚の家に俺を追いやった。俺はよく知らない人たちがいる環境の中で、リハビリだと言われるがまま、公立中学校に転入した」

彼が口にした校名は、小春が転校する中学二年まで通っていた中学校だった。

「俺は、おどおどしてうまく喋れずに悪目立ちしていて、転入早々目をつけられ、からかわれて馬鹿にされた。泣けば笑われる怖い世界の中で、手を差し伸べてくれたのが小春だった。学園祭の催しで使うピンポン玉をロッカーから取り出して、主犯格の同級生たちの口に無理矢理押し込めると、その上から布を覆って後ろで縛って喋らせた」

『〝なにを言っているかわかりませーん。もっとちゃんと喋ってくださーい〟……そう言われて、あんたたちはすぐにちゃんと喋れるの？　自分ができないことを人に押しつけるな！』

『苦しくて喋れないでしょう？　頭がパニックになるでしょう。今、この転入生はそういう状況なの。そんな状態に追い込まれたのに、この子……わたしを全身で懸命に止めているのがわかる？』

『この子が人の痛みを感じられる優しい子でよかったね。あんたたちはただ喋れるというだけで人の痛みがわからない。それって喋れないことより、人間として最悪じゃない？』

（まるで……思い出せない。でもピンポン玉を使って学園祭の催しをしようとしていたというのは、薄く記憶がある気がするのに）

「きみは、喋るのに時間がかかる俺を見捨てず、ちゃんと喋り終えるのを待っていてくれた。途中で喋るのを諦めようとすると俺を叱ってね。〝諦めるな〟って。そんなきみを見て、クラスの同級生たちも少しずつ俺に理解を示してくれるようになった。言葉で伝わらなければ、字や絵で。時に身体を使ったボディーランゲージで。俺の気持ちを尊重してくれるようになった」

「……っ」

「チーム分けしないといけない時も、小春はチームに誘ってくれたし、休憩時間や放課後、自発的に発音の練習に付き合ってくれた。そして俺がクラスに早く馴染《なじ》めるように〝いっくん〟という仇名を浸透させ、ゲームとか遊びとかに俺を入れてくれた」

『いっくんが作ったテスト予想問題集が欲しければ、いっくんよりたくさんバスケのシュートを決めること。悪いけどいっくん、力がなくても、コントロールピカイチだから』

「私立では、顔つきも体つきも女みたいだと馬鹿にされてたけど、きみはそういう差別を受けないようにと配慮してくれた。発声練習だけではなく身体も鍛えてみようと、放課後、皆を連れて児童会館の体育館で簡単なスポーツをして遊んだ。イベントで俺がお荷物になりそうで引っ込もうとしても、きみはまた〝諦めるな〟と俺の手を引いて、どうすれば俺が楽しめるのか、俺が参加できる方法をクラス全員で考えてくれたんだ。毎日が楽しかった」

維玖は小春の手を握ると、その手の甲に唇を落とした。

「俺に、眩《まぶ》しい世界を与えてくれたのはきみだった」

（どうして……覚えがないの？　どうして……）

「今、きみの目に映る俺が、普通の男に見えるのなら……きみが俺を導いてくれたからだ。俺は医師も父親も驚くほどの脅威的な速さで、後遺症を克服したのだから」

過去の自分が維玖の力になれたのなら、本当によかったと思う。

（恐らく……助けられていたのはわたしの方だったんだろうな）

あの頃、両親の仲がギスギスし、母親は癇癪を起こしてばかりいて怖かった。

維玖のリハビリに付き合うふりをして、維玖に心のリハビリをしてもらっていたはずだ。

維玖がいたから、自分は荒れずに済んだ。

（それなのに、なんで彼のことを思い出せないのか……）

「きみへの感謝の念は、すぐに恋心へと変わったんだ」

維玖は小春の手に指を絡め、ぎゅっと握る。

「ある日、俺は廊下を走っていた生徒に身体をぶつけられて、階段から落ちてしまった。その階段の途中にきみがいて、きみは俺を助けようと身体を捻《ひね》って……俺ごと階段から階下に転げ落ちた。俺はきみの上に落ちたから無事だったけど、きみは……床に落ちていた枝が胸に突き刺さってしまった。大量出血して、あたりが騒然となった」

「え……」

小春が服の上から胸の傷に触れる。

「そう。きみが庇って傷を作ったのは、俺のせいだった」

（そう、だったの……）

「枝を取り除く手術は成功したけど、きみは数日間、意識不明の重体になった。そして目覚めた時、きみは俺のことは忘れていた。俺以外の記憶はあるのに」

（いっくんのことだけを忘れたの……？　わたし……）

「俺は、きみを抱いた時まで、きみの胸に傷が残ったことも知らずにいたんだ。きみがその傷によってコンプレックスを抱えていることも」

そして維玖は苦しげな顔で頭を抱えて、後悔に満ちた声音で言った。

「女の子の胸に残る傷……俺はどれだけひどいことをしてしまったんだろう。俺が代わりに傷を作ればよかったのに。だから俺はきみに忘れられて当然だ」

悲痛に顔を曇らせる維玖の視線が床に落ち、長い睫毛《まつげ》がかすかに震えた。

『……俺が代わってやれればよかった。そうすれば辛い目に遭わずに済んだだろうに』

小春の胸を見た時、維玖はそう言った。事実を知り、どれたけの罪悪感を抱いたことだろう。

「それなのに、昔の俺は……きみに忘れられたことがショックで、どうすれば思い出してもらえるのかということばかり考えていた。忘れられているのはきっと俺の影が薄いからだ。俺がちゃんときみに気持ちを伝えて、男としてしっかりしたら……きみは俺の存在を認めてくれるかもしれない。そう思い、俺はきみに気持ちを伝えることにしたんだ」

維玖の声が震えていた。小春は静かに維玖の背をさする。

「きみはいつも、俺とよく遊んだ公園を通って家に帰る。それは俺を忘れた後も同じ日課だったから、俺は公園で待ち伏せをしていた。だけど暗くなってもきみはこない。だからきみの家に行った。そこにあったのは……『売り家』の貼り紙だった」

「転校した日……ね。両親が離婚したから、学校の帰り……迎えにきたお母さんについていった」

小春が言うと、維玖は小さく笑った。

「きみが転校するということは、事前に誰も知らされていなかった。先生もきみがどこへ行ったのかわからないという。完全に……きみと繋ぐ道は閉ざされてしまったんだ」

「ごめん。いやだったの、両親が離婚したことを皆に知られることも。見知らぬ遠いところに行かなくてはいけないことも。別れを言ったら泣いちゃうから、だから……」

そう。振り返ってみてもこの中学二年のできごとは、同級生の記憶も朧になるくらい、思い出したくないものへとなってしまった。

大好きな父と母の仲が悪くなり、殺伐としていた家庭内。

互いに罵り合う大げんかの末に訪れた最悪の事態……両親の離婚は、思春期の小春の心に大きくダメージを与え、維玖を庇ってできた胸の傷より深刻な痛みを生じていたからだ。

つらかったその時期のことは、抉《えぐ》り取《と》って捨ててしまいたい黒歴史でもあった。

それを告げると、維玖はそうかと静かに笑った。

「そんな家庭環境で苦しんでいたことを誰も知らず、天真爛漫《てんしんらんまん》なきみの笑顔に皆が救われていた。だからきみがいなくなったクラスは、ずっとお通夜状態だったよ」

「……っ」

「俺もそうだ。突然いなくなってしまった俺の太陽。きみを忘れることができず、恋しくてたまらなかった。告げられなくなったきみへの想いが膨れあがる一方で、こんなに好きなら、どうしてもっと早く、きみに伝えなかったのかと後悔した。なんのために言葉で伝えるという訓練をしてきたんだって」

維玖は濡れた目で小春をじっと見つめる。

「わかってはいたんだ。伝えたところできみを引き留めることはできなかったことも。きみの家庭環境を聞いても、俺はきみをそこから救い出したり、きみの転校を阻止したりもできなかっただろう。俺はあまりにも、非力な子供すぎた」

苦しげに絞り出されたその声に、小春の胸は締めつけられた。

「だけど俺は、別れて終わるのが運命だと諦められなかった。〝諦めるな〟……言語障害があった俺に、きみがそう教えてくれた。諦めるな、小春に会えた時、彼女の力になれるよう力をつけよう。諦めるな、彼女に会えたら素直な気持ちを伝えよう……」

維玖は自嘲する。

「再会できて、言いたいこと伝えたいことはたくさんあったはずなのに、きみにいつも伝えていたのは『可愛い』ばかりだった気がする。きみに守られていた昔の俺なら、そういう言葉は選ばないだろう。可愛いという表現は、きみを守る立場を得てこそ言える言葉だから」

彼の想いがストレートに心に響いてくる。

「俺だってできれば順序立てて、恋人からやりたかった。だけどきみのおかれた環境は特殊で、きみは最悪な形で傷心している最中だった。そこにつけいり、癒やすことできみにアピールする手もあった。ただしそれはゆっくりと時間をかけてだ。きみの傷つけられ方はあまりに深刻だったたから。だけど俺は……俺を通して、早急に囲い込む方法を選んだ。なぜなら、きみの中にまだある元彼への未練を恐れたからだ」

「未練なんて……」

「きみは元彼に対して明確な怒りがなかった。涙を見せなかった。今は当てつけの方ばかりに気を取られているけれど、それが落ち着けば……あの元彼からの愛人の誘いに、きみは乗ってしまう可能性だって考えられた」

「そんな……」

「俺は数ヶ月間の思い出だけで小春を好きな気持ちを忘れられなかったんだ。四年も付き合ったのなら、元彼の裏切りは相当こたえているはず。なのに当てつけを企てるきみからは、そこに令嬢への嫉妬と彼への執着は見られない。ただ馬鹿にされたくないという女のプライドだけを感じた」

その通りだ。澄香への嫉妬は今も芽生えず、寛人と復縁したいという気持ちにもならない。

寛人と抱き合っているような写真を撮られ、澄香が悲劇のヒロインを演じているのを見ても、そんな事態になるなんてありえないでしょうと、騒ぐ周囲に冷めた心地でいたのだから。

「あの男がきみを四年も独占しながら、野心に目が眩んで他の女を孕《はら》ませた挙げ句、悪びれた様子もなく簡単にきみを切り捨てられると軽んじたことに、怒りが抑えきれなかった。初対面なのに、あのパーティーで彼に言ったくらいだ」

『小春を犠牲にして得たものが、幸せの始まりなのか……地獄の始まりなのか、これからが楽しみだ。俺が手を下すまでもない。小春とじっくりと、高みの見物をさせてもらうよ』

(そういえば寛人さん、いっくんに耳打ちされた後、顔色を変えていたような。相当、怒りをぶつけたのね……）

「きみが元彼に、そんな怒りの情を持たないのは、それだけの仕打ちすら許せるくらいの愛があるのかもしれないと思った。だから本物の恋人となる男性を見つけるのではなく、見せかけだけの男性を求めているのだと。きみは元彼と以外に、恋を始める気はないのだと。だったら逆にそれを利用しようと思ったんだ。永久雇用された……偽装恋人、そこから始めようと」

「……っ」

「ただあの社長令嬢の悪辣さが計算外で、すぐに婚約者になって夫になってしまった」

本当は恋人からゆっくり進めて小春の心の傷を癒やし、寛人の影に維玖の存在を上書きしてから、結婚まで徐々に段階を踏みたかったと維玖は言った。

「小春の心も追いついていない状況で、こんな早急すぎる結婚の進め方、結婚カウンセラーとしても失格だ。わかっていたけど、結婚をしていなければきみをまた失うと思って焦ったんだ。それくらい俺は、絶対に小春を離したくなかったから」

「それは……初恋だからだよ。初恋は特別だから……」

小春が悲しげに言うと、維玖は微笑む。

「確かに特別だよ、だけどそれは初恋だからじゃない。きみという存在が特別だからだ。きみはさっき、こうも言ったね」

『あなたは昔のわたしであれば、今がどんな女であっても、誰でもいいのよ。たまたま職場に、懐かしい女がやってきたから興奮してその気になっただけ』

「ある意味、それは真実だ。今のきみがどんな女でもきみがきみであればいい。今、俺が抱きたいほど恋い焦がれているのは、中学のきみではない。俺は同じ二十七歳の……美しい女性に成長したきみに欲情して抱いたんだ。どこまでが幻でどこからが現実か、それを見抜けないような節穴の目ではないと思っている」

「……っ」

「確かに俺にとってきみは初恋の相手だ。だけど、初恋を叶えるためにきみが欲しいんじゃないんだよ。再会して、今のきみがいやならば引き返せるところに俺はいた。だけどこのまま突き切ろうと思うほどに、昔とは違う今のきみに惹かれた」

「今の……わたしに？」

「ああ。きみは不思議に思わなかった？　中学時代のきみの苗字《みょうじ》は『松野』だ。十年以上も経って、『一ノ瀬』と名乗って大人の顔をして現れたきみを、どうして俺がすぐに中学時代の同級生だと思えたのか」

　確かに婚活サロンに行った時、小春はこう告げたのだ。

『あの……わたし、中学の同級生だった一ノ瀬です。中二の途中で、誰にも言わずに急に転校しちゃったんだけれど。〝いっくん〟……わたしのこと覚えてる？』

『もちろん！　忘れるはずがないじゃないか。一ノ瀬小春さん、会えて嬉しいよ』

　維玖は、松野小春なのかと一度も確認しなかった。

　だから小春は、昔も一ノ瀬姓を名乗っていたかのように錯覚して、今まで接してきたのだった。

「きみと再会する数日前、俺の元に同窓会のハガキが来てね。いつも無視していたんだけれど、副幹事が旧姓高山沙智となっていて、そういえばきみと彼女は仲がよかったことを思い出した。連絡先があったから、聞いてみたんだ、きみがどうしているのか知っているかと」

（え、沙智は一度もそんなことは……）

「彼女は俺の素性は知らなくとも、結婚カウンセラーをしている近況は知っていた。婚活仲間に聞いていたみたいでね。俺のところに来る前に、相手が見つかったらしいけれど。彼女は、小春の連絡先は教えたくないと言った。小春の記憶を刺激することで、いやな思い出がフラッシュバックしたら責任がとれるのかと」

維玖は小さく笑って言った。

「俺は彼女にこう言った。『責任という意味が結婚という意味ならば、フラッシュバックしなくても、喜んで責任はとりたい。小春が恋しいからいまだ独身だ』と。すると彼女は『いい具合に拗《こじ》らせてるねぇ』と笑って、条件をつけられた」

「条件？」

「ああ」

『昔の思い出を引き擦ることなく、今の小春を新たに愛することができる？』

「彼女は俺の想いが、満たされなかったがゆえの『執着』ではないかと言った。初恋ばかりを追い続けて今の小春を見ないような……後ろ向きで痛い自分勝手な男には、小春を任せられないとね。……そんなもの、わざわざ念押しされなくてもわかってる。俺がこだわっているのは初恋ではないんだ。小春に昔と違う今の俺を見てほしい。今度は小春を守ることができる男として、俺と恋愛をしてほしいんだ。昔のこと……小春に忘れられていてもいいから」

そして沙智は——彼の答えを真実と思ったから、小春に連絡をしてきたのだ。

小春の境遇を知り、自然な形で維玖を紹介してくれた。

沙智自身、小春が紹介されたセレブとどうなるかよりも、沙智が小春を託してもいいと思った維玖と、小春が新たに始められるようにそっと背を押してくれたのだろう。

（沙智……）

「正直、昔の小春のイメージから想像する現在の姿は、甘い物好きが高じて、昔以上にふっくらした体形で、もっと男勝りでサバサバしていて、オカン系女子かなと勝手に思っていた。だから職場に来たきみを見て驚いた。笑顔は昔の名残があるのに、まるで別人のようなスレンダー美女になっていて、同級生を騙《かた》る詐欺師かと思ったくらい。高山さんと事前に連絡とっていなければ、警戒して突き放しただろうね」

維玖は笑った。

「きみと再会できたことに興奮しつつ、初対面の女性を相手にしている気分でいた。相変わらず俺を覚えていないことに落胆はしたけど、きみと再会したことでわかったことがある。俺が初恋を引き擦っていたのは、さようならと言えなかったからだと。いや、きみにさようならとも言ってもらえなかったことがショックだったのかもしれない」

唇を噛みしめる小春の頭を、維玖は優しく撫でる。

「思い返してみれば母も突然病死して、父に突然追い出されて……大好きな人たちがいなくなる〝突然〟が俺のトラウマだった。きみの記憶からも突然俺が消え、そして俺の視界からも突然、きみは姿を消した。始めからいなかったように。それが怖かった。俺の日常から大切な人の……きみの記憶が消えることが。だから俺は初恋にしがみついていたのかもしれない」

「……っ」

「生きているきみと再会し、昔のイメージを払拭したきみを見たことで、もう俺たちは中学生ではなく大人になったことを認識した。初恋は過去のものだと自然に決別できたんだ」

維玖の顔は穏やかで、彼が素直に納得していることを物語った。

「俺の恋は新たなステージに入ったことを自覚した。今感じている心のときめきは、初恋の相手だった松野小春に対する追慕ではなく、俺のことを知らないこの一ノ瀬小春へのものであると悟った。そう、俺は……職場に現れた、初対面も同然の一ノ瀬小春に恋をしてしまった」

「今の、わたしに……？」

「ああ。仕事柄、相手の性格はすぐに見抜ける。昔とは少し違う性格も容貌もすごく俺好みで……きみが本気の相手を探しにきていたのなら、俺はあの場で立候補したよ。初恋相手以外に身も心も揺り動かされなかった俺が、新たに恋をした相手がきみだったとは、どれだけ俺……きみを好きになる運命に生まれたのかって笑ってしまうけど。それときみはさっき、俺に言ったね」

『わたしは同級生という肩書きを利用しただけの薄情な女なのよ』

「だったら俺も同じだ。俺は……二度目の恋を叶えるために、きみが昔のことを覚えてもいないのに、きみとの距離を縮める口実にした。正直、浮かれていたんだ。俺が恋人だと皆に紹介し、結婚もしたいくらい愛した人が、俺の初恋相手でもあるということに。そんな俺が、なんできみを捨てるの。俺の方がきみに捨てられたくないために、こんなに必死に囲い込んだんじゃないか」

「で、でも……」

維玖は小春の震える唇を奪うと、ゆっくりと触れるだけのキスをした。

「きみにとっての男の基準を、小山内にするのはやめて。あれは例外、クズだから。それに社長令嬢の言うこともそう。お似合いだと思うよ、あのふたり。クズ同士で。あのふたりがきみをターゲットにしてくれたおかげで、俺はきみを手に入れた。パーティーで社長令嬢に言ったのは、嫌味ではなくて本心だ」

『ああ、きみが……身体を張って、難あり物件を自ら引き取ってくれた健気な新人さんか。きみのおかげで俺は小春と幸せなんだ。俺たちの愛を応援してくれてありがとう』

「きみが転校してから、俺は父に呼び戻され、兄の片腕になれるようにと色々と学んだ。もうきみに守られるだけの男ではない。きみを守る力はあるつもりだ。若宮のことなら大丈夫。ちゃんと話はついていて、きみのことは認めさせているから」

「……条件をつけられたんじゃないの？」

すると維玖は笑って否定せず、事もなげにいった。

「そのミッションをクリアするのが、夫の務めだろう？　それくらいやってやる。それに父は実力主義だから、あの社長令嬢のように肩書きだけのアホ女は認めない。きみはツキヤマッーリストでも成果を出していたし、持ち帰った仕事を手伝ってくれたよね。長年付き添った秘書でもないのに、多面的な視点から書類を作り、きっちりと調べ上げた……その書類を見て、父も兄も唸っていた」

維玖の家族に認められて嬉しいのだが、手伝った書類を皆に見られていたと思うと、少し気恥ずかしい。

「それに兄はきみが俺の初恋相手だということも知っているし、応援してくれているんだ。今度食事したいと言っているけど、それはいやだと俺が断っている」

「……なぜ？」

「彼は……あの部長に似た野性的なタイプだから。だから兄の方をきみが好きになったら困る」

拗ねたように言うものだから、小春は思わず声をたてて笑ってしまった。

「わたしが逃げないように、ここまで抜け目なく囲い込んでくるほどの策略家のあなたが、そんなことを気にしてるなんて！」

「笑うなよ。笑うなってば……ああ、もう、口を塞いでやる！」

強い語気だったにもかかわらず、重なる唇は優しかった。

小春の意向を確かめるように、おずおずと差し込んでくる舌を迎え入れると、維玖は嬉しそうな吐息をついてゆっくりと小春の舌を搦めとり、縺《もつ》れるように弄《まさぐ》り合う。

触れ合っていると、自分の気持ちがわかる。

（ああ、わたし……彼が好き）

身も心も、彼に愛されて嬉しいときゅんきゅんと悦んでいた。

彼から漂う甘い香りが、たまらなく愛おしさを募らせる。

唇を離しても、熱を帯びた眼差しで見つめ合い、また唇が重なった。

（好き……。この人を失いたくない）

小春は維玖の広い背中に手を回した。

そしてぎゅうっと抱きつく。

そんな小春の頭を優しく撫でながら、維玖は言った。

「小春……。俺がいなければ生きていけなくなって。俺は大歓迎だから」

「……っ」

「俺は小山内寛人と違う。きみは俺を永遠に独占できるという特別感を信じて」

その言葉はすべて、小春が八つ当たりした時に吐いた台詞《せりふ》だ。

「俺はきみを捨てない。捨てられるものか。だから安心して、この先の人生……俺の隣で前を向いて進んでよ。弱い女だとか無価値な女だとか思う機会はこの先もない。きみは俺に心から愛されていて、この先幸せに過ごすのが決定事項」

（いっくん……）

「俺の愛が増すことがあっても消えることはないよ。きみが逃げられない結婚を押し進めるくらいだ、俺の本気を甘く見るな」

小春の目から涙が滴り落ちる。

「不安を与えてしまってごめん。きみとこのマンションに住み、きみという人物を知るたび……俺はますます惹かれた。俺の素性を知っても目の色を変えることなく、俺自身を見て接してくれるところ。人が見ていないところでも健気に真摯に頑張るところ。勝ち気なふりをしてすぐに赤くなって可愛くなるところ。そして……泣きながら、言葉と裏腹の本心を伝えてくれるところ」

維玖は真剣な顔で、小春に言った。

「慢心してきみの不安に気づけなかったのは謝る。だけど……俺はきみを逃がさない。一度目の恋は逃がしたけれど、二度目の恋は。俺がきみを幸せにしたい。そして俺も幸せになりたい」

（ああ、嬉しい。嬉しすぎて……もう拒めない）

この先も、維玖と一緒にいたい。

そんな未来を、諦めたくない。

「きみの不安を消せるくらいの夫になるよう、精進する。反省は行動と態度で示す。口先だけの男にはなりたくないから」

維玖は、寛人とは違う。

自分は——維玖と愛し合いたい。

その先もずっと、心も身体も繋げたい。

「あとは……きみの意思ひとつ。……もう一度、きみに言うよ。『早く観念して、身も心も俺の妻になれよ。身体だけではなく、心も俺にくれよ』」

小春は泣きながら微笑んだ。

「できない」

維玖の顔が悲しみに歪む直前、こう続けた。

「わたしはあなたに……すでに恋愛感情を抱いているから」

言葉尻を変えた小春の前で、驚きに固まる維玖が無性に可愛く思えた。

「もう身体も心も……あなたにあげてしまっている。わたしが……それを認めようとしていなかっただけ。八つ当たりをしてごめんなさい」

彼の告白を聞いて、心が決まってしまった。

拒む理由が見つからなくなってしまった。

維玖の隣に立つことで、誰かと血まみれになって戦うことになっても構わない。

それくらいの覚悟と重みのある気持ちが定まったことを——維玖に伝えたい。

「わたし……あなたに恋をしてしまっている」

ゆっくりと噛みしめるように、隠していた言葉を口にした。

(全面降伏、よ)

不思議と悔しくない。維玖への気持ちを抑えきれなくなることが、わかっていた気がする。

「当てつけのためだけに、偽の恋人役や婚約者役を求めた女なのに、あなたに可愛いと言われるたびに、喜びにきゅんきゅんしていた。初めてだったの、そういう風に言ってもらえたのは。ありのままのわたしを受け入れてくれたのは。いつも求められていたのは背伸びしたわたしだったから」

「小春……」

「だからこそ、こんなに素敵なあなたをわたしに縛りつけてはいけないと思った。これだけいい男なんだから、あなたに相応しい女性がいると」

そして小春は一呼吸置いてから、次を続けた。

「わたしは昔のことを忘れているくせに、初恋の同級生という肩書きだけであなたを縛りつけたひどい女よ。だから……お芝居が終わったら、綺麗に別れようと思っていたの。あなたの幸せのためには、わたしたちは本当に結婚してはいけないと思った」

「俺の幸せは……！」

「うん。決して嫌いだから離婚しようとしていたんじゃないの。あなたを解放したかったのよ、初恋から。あなたはわたしを見ていない。昔の恋を成就したいためだけに、こんな強行をしているのだと思ったから」

「……っ」

「あなたが過大評価をしているだけで、わたしは本当に平凡なの。だけどそれを含めてわたしのすべてを求めてくれるのなら……。この先も一緒にいたいと思ってくれるなら……」

小春は深々と頭を下げて言った。

「ふつつか者ですが、どうか……わたしを貰ってください」

維玖が息を呑む音が聞こえる。

「あなたに捕まり……完全に落ちました。もうあなたからも、自分の本当の気持ちからも、逃げ切れません。逃げたくありません。……若宮維玖さん、わたし……あなたが好きです」

「それは……両想いになったということ？」

上擦った声が聞こえてきて、小春は顔を上げる。

感動に泣き出しそうになっている顔――それは、小春の記憶を刺激する。

思い出せないだけできっと、維玖は自分の記憶の中にずっといるのだろう。

「うん。この先の人生、あなたと一緒に生きたい。あなたを……失いたくない。自覚したばかりだから、まだあなたの想いの深さに追いついていないかもしれないけど、すぐに追い越すから待っていてね」

維玖が震える手で、小春の頬を撫でる。

「追い越されるものか。こんなに……愛おしくてたまらないのに」

小春はその手を上から包み込んだ。

「じゃあ……勝負だね。わたし、負けないから」

「もう……離婚しようとしない？」

「うん。あなたが……維玖が、許してくれるなら」

「許すもなにも……最初から俺は、きみをどれほど……！」

維玖は小春の唇を奪うと、噛みつくような荒々しいキスをした。

余裕なんてない、衝動に流されるがままのキスだ。

「小春、俺の……小春！」

キスの合間に、名を呼ぶ維玖が愛おしい。

小春は維玖の首に両手を回し、彼が伝えてくる激愛に応えた。


「ふぅ……なんてことだ。キスをしている途中で寝てしまうなんて」

維玖は自分の腕の中ですうすうと寝息をたてている小春を見て、嘆息をもらした。

「これから、燃え上がるところだよね。俺をひとりまた残して、眠りの世界に行くなよ……」

恨み言を言っているわりには、維玖の顔は晴れやかで優しさに満ちている。

「腰がふらふらになるくらい、無理させてしまったから、仕方がないか。……ふふ、気持ちよさそうな顔をしているのは、俺としたキスのせい？　抱えていたものを吐き出したせい？　俺と……心を繋《つな》ぎ合わせたから？　夢でなにを見ているんだろう。可愛い顔で寝ているな」

寝息をたてて薄く開いている唇を、ちゅっと音をたてて啄《ついば》んだら、小春がふにゃりと微笑みながら言った。

「いっくん……大好き」

途端、維玖の顔は首筋まで真っ赤になり、小春の首筋に顔を埋めた。

「反則、だろう？　寝言まで可愛いなんて……」

温かく柔らかな身体を抱きしめると、維玖の口からも甘美なため息が漏れる。

幻ではない。

現実に生きている、愛する女性の感触だ。

「小春が……俺のこと、好きになってくれた」

思い出すたびに身体が熱くなる。

ずっと望んでいた。

昔も今も、友情ではない特別な気持ちが欲しいと。

「諦めるなというきみの言葉のおかげで、きみを手に入れることができたとはね」

維玖は婚活サロンに、自分を訪ねて来た小春のことを思い出した。

『あの……わたし、中学の同級生だった一ノ瀬です。中二の途中で、誰にも言わずに急に転校しちゃったんだけれど。〝いっくん〟……わたしのこと覚えてる？』

突然現れたナチュラル系の美女は、言いにくそうに「いっくん」と呼んだ。

まるでそう呼ぶようにと、誰かから強制されているかのようなぎこちなさ。

デキた綺麗なお姉さん風の彼女が、ところどころ見せる素朴さに、目が離せなくなった。

恋い焦がれていた『松野小春』の面影がある。初恋の相手であることは確かだ。

それなのに感動にも似たこの衝動は、再会できた喜悦だけではなかった。

ひと目惚《めぼ》れ……いや、二度目惚《ぼ》れというべきなのか。

成長した小春の姿は懐かしさ以上に、維玖の中の男の部分を刺激したのだ。

昔にはなかった女性の魅力で、維玖を捕えて放さなかった。

松野小春以外の女には興味すら持てなかったはずなのに、胸の奥にはどくどくと恋が息吹《いぶ》いている。今までの恋心を覆すほど、リアルで大きな衝動が身体に走った。

どんな客が来ても心乱されることはない、いつも通り泰然とした接客をしようと、昂る心を鎮めた。

彼女の様子から、いまだ記憶は戻っていないことを悟ったものの、確認ついでについ意地悪心が芽生えて、昔のことを話したり聞いたりしてみた。

彼女は目を泳がせ、口籠もり……「ウン、オボエテイルヨー」「タノシカッタネー」と片言。

どうやら小春は、彼女にとって無意味な『同級生』を通行手形にしても、条件に合う婚活相手をすぐに紹介してもらいたかったらしい。

それを咎《とが》めるつもりはない。

維玖もまた、本来なら婚活相談に至るまでの煩雑な会員手続きがあるのをまるっと省略して、同級生だからという理由で個別に即時対応し、それを口実に距離を縮めようとしているのだから。

誰が他の男など紹介するか。

カウンセラーの立場を利用して、他の男との縁など断ち切ってやる。

そんな維玖の決意など露知らず、小春が出した条件はあんまりで虚を突かれた。

本当に結婚したい人たちのための婚活サロンで、婚活をなめているような無謀すぎる条件を複数並べ、その場限定で偽装恋人をしてくれるセレブを雇いたいなどと言ってくるのだ。

金を出して演技をさせたいのなら、人材派遣会社で役者を雇えよと思ったものの、突き放せば彼女はまた別の場所で出会いを求めるだろう。

それはいやだから話を聞いてみると、彼女は最悪な裏切りにあったという。

聞けば聞くほど維玖のコメカミに、ぴきりぴきりと怒りの青筋が立つ。

維玖が恋い焦がれている間に、小春を四年も独占していた男がいるということだけでも怒り心頭なのに、浮気して他の女を孕ませ、出世できると喜んで小春を捨て結婚しようとする。そのクズっぷりと、そんな男を寝取ってやったと堂々とマウントをとる相手の女の性悪ぶりに吐き気がしてくる。

『悔しくて見栄を張ったら、引くに引けなくなって。だけど澄香に笑いものにされたまま、引き下がりたくない』

不思議と小春は、寛人ではなく澄香の方を意識していた。女性同士だからそうなのかはわからないけれど、寛人に対する一切の恨み言がないのが無性に気になった。

裏切られてもなお、責めて怒ることができないくらい……まだ深く愛しているのかもしれない。そして寛人も決定的な別れの言葉を小春に言っていないことも妙だ。

身ごもった無能な社長令嬢と、恋人だった有能な部下。

本当に仕事がデキる男なら、社長の座につければいいだろうが、小春の助けがあってデキる男を演じていた男であるのなら、小春は切れないだろう。

だとすれば今後、澄香の知らないところでも、アプローチがあるかもしれない。

都合のいい女としてキープするために。

維玖は自分が彼女の男だと、彼自身も周りに名乗りを上げる算段を整えていった。

ツキヤマツーリストの社長令嬢がなんだ。

若宮のルミエールグループから見れば、小さい会社だ。

肩書きをひけらかすのは好きではないが、小春を守るためには最大限利用しよう。

寛人と澄香が、誰の女を軽んじて傷つけたのか、わからせるために。

『たった二週間ほどの準備で挙式が本当に行われるようにと祈りつつ、参列できるのを楽しみにしています。ね、寛人さん？』

恋人としてじっくり小春と愛を育もうと思ったが、気が変わった。

身分差がどうのと喚く澄香の根本に、小春に対する差別意識がある。

親から受け継いだだけの肩書きを重要視するのなら、簗山家よりも歴史が古い若宮に生まれた自分の方が澄香より上位だ。そのことを澄香が認めないために、結婚する羽目になった……

そう小春は思っていたようだが、実際は違う。

澄香が騒いでくれたおかげで、公然と自分は小春を妻にすると宣言し、動けたのだ。

維玖の父は若宮の名誉を大切にする。

自分に良家の令嬢との縁談を持ってくる父を拒むのも疲れてしまっていたし、小春と結婚することで、そちらの方も落ち着いて良いこと尽くしだ。

父が欲しいのが妻の生家の力なのだとしたら、婚姻関係にならずとも仕事で手に入れればいいだけのこと。小春は父に見捨てられたかつての維玖を救い、ルミエール・マリアージュを任せられるだけの変化を促した、大恩ある女性なのだ。

『父さん。維玖がここまで言っているんです。小春さんを妻にしたら、さらにパワーアップして若宮の繁栄にひと役買ってくれると、俺は思いますが』

そう援護してくれたのは、大好きな兄だ。

元々面倒見がよかった兄は、維玖が療養という名で家から出されたことをずっと気に病み、父に意見していたようだ。維玖が小春と出会った頃も、陰から見守っていてくれたらしい。

しかし小春がいなくなり、維玖から笑顔が消えた異変を察し、維玖は回復できたからと本家に連れ戻すことを父に提言した。そして厳格な父と接することで、再びストレス性の言語障害になりかけた維玖を兄は守ってくれた。

『父さん、維玖のペースがあるんですよ。大丈夫です、俺が責任もって弟を鍛えますから』

『維玖。小春ちゃんも〝諦めるな〟と言うよ。彼女に会えることを信じて、踏ん張れ』

兄を目指して頑張ってきたが、兄のような逞《たくま》しさは身につくことはなかった。

『維玖、今度小春ちゃんを紹介してくれよ。俺の義妹になったんだから』

自慢の可愛い妻と接したら、兄だって小春を好きになってしまうだろうし、自慢の兄を見たら、小春だって兄を好きになってしまうかもしれない。

『いやだ。俺は絶対小春と離婚しないから！　式場で見ただろう？』

そんな維玖の葛藤はいまいち兄には伝わっていないけれど、いつか家を継ぐ兄の力になりたいと思っていることだけは、しっかりと伝わっているはずだ。

「さあ、小春。ベッドで寝ようか」

「ん……」

横抱きをすると、小春は維玖の胸に顔を擦りつけてくる。

「ふふ、可愛いなあ……」

そんな彼女の頭上に何度も唇を落としながら寝室に運ぶと、優しく寝台に横たえた。

「服が……しわになっちゃうね。服を脱がせてあげる」

小春は素直にそれに応じる。

するりするりと服はなくなり、下着姿になった。

さすがに下着までは脱がせられないと手を止めるが、艶めかしい四肢を放り出した無防備な小春は、かなり扇情的だった。

思わず維玖は、ごくりと唾を呑み込む。

小春の身体を知ってしまった彼の身体は、腰の部分に熱を集めて臨戦態勢に入り始めた。

「我慢、我慢。心が繋がったんだから、大満足しているだろう？　身体だけの関係ではないという愛の証明に、今夜は我慢してもう寝よう……」

自分も服を脱ぎたいが、脱いでしまったら理性が暴走してしまいそうな気がする。

「我慢しろよ、俺。小春なしに何年、独り寝をしてきたと思っているんだ。合意がないのにって、後で小春に嫌われてもいいのか⁉　……いやだよな、小春に嫌われていなくなられたら。ようやく小春が俺の妻《もの》になったのに。理解のあるいい夫でいような。よし、今のうちにお前も寝よう……って、俺、ナニに向けて喋っているんだよ、恥ずかしい！」

そんな時、小春が身じろぎをして維玖に抱きつくと足を絡ませ、悩ましく唇を薄く開けた。

「なんで、なんで誘ってくるんだよ。眠りかけたのに起きちゃったじゃないか！　いいから、寝てろよ、ぐっすりと」

「ん……」

「いやきみじゃない。きみはちゃんと寝ているから。……だから俺、誰と喋っているんだよ！」

「……っ、硬い、なにこれ……」

小春が寝ぼけた声を放ち、足をくいくいと動かして、触れ合う局部を刺激してくる。

「――くっ」

維玖はひたすら忍耐だ。

そんな彼の耳に、小春の寝言が届く。

「〈繋ぐ〉……プロジェクトテーマに、わたし……濡れちゃった。いっくん、おっきくて気持ちいいこと思い出して……あぁん、むずむずする。いっくん……繋いで、奥まで……ずんずん、ふふ、いっくん……しゅき……」

「……っ、起きているんだろ、起きているんだよな？　違う、お前じゃない！」

小春はすぅっと寝息をたてて、気持ちよさそうだ。

「くそっ、小春に……夫として認められた初夜がこれか。耐えてやる。耐えてやるよ。長年の片想《かたおも》いに比べれば、楽勝だろうさ。……だから、そこばかり刺激するなって。小春！」

……そんな維玖の悲痛な叫び声を知らず、小春は定期的にくいくいと足を動かしながら、安らいで眠り続けるのだった。

第四章

その日、梅雨入りをしてどんよりとした天気なのに、小春の顔は晴れやかだった。

まだ腰は重いものの、足取りは軽やかにミーティングルームに入ってくる。

中にはすでに多可子がいる。

二名だけのプロジェクトメンバーだが、営業で何度も社長表彰を受ける多可子がいれば百人力だし、なにより気の合うたったひとりの同期の友達だ。

数だけ揃って心がまとまらないメンバーを、あくせくしてとりまとめることに時間をかけず、同じ方向性を見つめてイベントを企画できるというのが嬉しい。

(多可子とは何度か大きなプロジェクトで一緒になったことはあったけれど、あくまで企画ができた後の営業だったから、企画段階で一緒にできるのは初めて。楽しみ)

それでもこのプロジェクトは、寛人と澄香の意地とプライドの勝負でもある。

小春は寛人に育てられてきたから、寛人を超えることはできないと思われているはずだ。彼を超える企画を練れるのか不安はあるが、多可子が一緒なのは心強い。

「なんか小春と一緒なら、緊張感がなくてパワーだけが漲《みなぎ》ってくる感じなんだよね。いいのかな、こんな感じで。今日もれっきとしたミーティングという仕事なのに、サボって小春とお喋りにきた雰囲気」

「実はわたしも。わたしたちふたりきりって不安もあるけど、それもまた乙というか」

「そうそう。めっちゃ恵まれてるわ、プロジェクトメンバーに」

「だよねー。ありがとう、同じこと思ってくれて」

笑みを向けると多可子は、ふふと笑いながら、テーブルの上に一本だけおかれているボールペンを顎で促す。

彼女のものではないようだ。

誰かの置き忘れかと思ったが、多可子が貴重品ポーチから手のひらサイズのリモコンのようなものを取りだし、真ん中のボタンを押す。それをペンに向けると、多可子の手にある機械が赤く光り出した。

昔、多可子が付き合っていた男が束縛系で、盗聴器や盗撮器で監視するタイプだったらしい。今はきっぱりと別れているが、情報漏洩《ろうえい》防止と仕事上でも役立つし、盗聴器系の発見機をポーチに忍ばせている。

(ほう、だったらこのペンは盗聴器なのね。わたしと多可子の会話のなにを聞きたいのやら。まあ、維玖との生活か企画のことについてだろうけど)

寛人は小春を育てた上司だし、小春より上だという自信があるから、こんな姑息な真似《まね》はしない。だとすれば仕掛け人は澄香しかいない。

同じ会社に属する社員なのに、こんなことをするなんて本当に嘆かわしい。

ため息をつくと、多可子は宥めるように小春の肩をぽんと叩いて、ハイテンションな口調で言った。

「そんなことより、今日は一段と溌剌としてますな。なにか心境の変化でもありましたかな、若宮の奥様」

「その……晴れていっくんと、心も夫婦になりました」

多可子なら、それだけで意味がわかるだろう。

「ほほう。ではそれまでは身体だけが夫婦だったと？　よたよたしか歩けなくなるほど、いっくんから怒濤の愛の攻撃を受けていたけれど、昨日は心もがんがんと攻められ、もう身も心もいっくんに落ちてしまったと」

「……っ、そ、そうです……」

ちなみにぐっすりと眠りにも落ちた。

目が覚めると、じとりとした目を向ける維玖に抱きしめられ、足が淫らに絡んで局所を密着させていた。

『抱きたくて頭がおかしくなりそう』

目に隈《くま》ができるほどきつい夜を過ごしたらしい維玖は、なぜか潤んだ目で小春を詰りつつ、ストレートに小春を求めた。

小春がこくりと頷くと、熱く猛々しいもので何度も奥まで貫かれた。彼に慣らされた身体は、迎え入れただけで達してしまいそうなくらいの快感を与えられた。

『ああ、小春。きみが俺に愛を伝えてくれたこと、覚えてる？　これは、愛し合う夫婦として初めてのセックスだ。ああ、きみとは初めてづくしだから、初めてではないことなんてどうでもよくなっちゃうね』

維玖への愛を自覚して、夫婦として添い遂げたいと彼に宣言ができたせいか、自分の身体はより熱く蕩けるようになってしまった。

維玖が愛おしくてたまらないのだ。

自分だけの恋人。自分だけの夫――そんな独占欲と、維玖から迸る愛が至福で、繋がったまま死に絶えたいとすら思った。

『そんなの、俺の台詞だ。小春に愛されて、どれだけ俺……幸せだと思ってる？』

セックスのしすぎで疲労した朝というより、維玖の愛に包まれて充実した朝を迎えて出勤してきたのだ。

『プロジェクトテーマは〈繋ぐ〉なんだろう？　俺の可愛い奥さんはいやらしいから、こっちの繋ぐを思い出して濡らしちゃっているんだよね』

車の中でそう言われたが、なぜそんなことを彼が知っているかわからない。

『ふふ、今夜もまた繋ごうね』

別れ際に言われた台詞を思い出し、思わず顔を赤らめてしまうと、多可子がにやにやしながら言った。

「恋する乙女になっちゃって。初めてなんじゃない、そんなに恋したの」

わざと聞かせているとは思えないほど、多可子の声は優しい。

「部長の時は、そんな顔をしていなかったものね。部長との別れが響かないくらい、好きになっていいたんだね、いっくんのこと」

多可子は足を組んで椅子に座ると、にっと笑った。

「うん。寛人さんと違う部分が好きになったの。ありのままのわたしでいいと、どんな姿を晒しても、わたしの身体にある傷ごと愛してくれたから……」

「惚気《のろけ》るねぇ、小春ちゃん。だったら、いっくんの奥さんになれた今は、幸せ？」

「うん、幸せ。わたしが社長令嬢でなくても、わたしが若くなくて傷持ちでも、いっくんは丸ごと愛してくれるから。いっくん以上の素敵な男性はいないと本気で思えるもの。寛人さんなら違ったわ。簗山さんもなんでよりによって、結婚に不向きな人と結婚することになっちゃったんだろうね。男なんてもっとたくさんいるはずなのに」

多可子が笑いをかみ殺してボールペンを手にすると、ペンの上部を捻って外す。

中に見えたのは充電コネクターだ。

普通のボールペンには、そんなものがついているはずがない。

(間違いなく盗聴用のボールペンね)

多可子がスイッチを見つけて、合図を送ってくる。

最後にひと言どうぞ、と言っているようだ。

そこで小春はため息をついて言った。

「わたしはこんなに幸せなのに、これから苦労する簗山さんが気の毒だわ。せめて生まれてくる子供からは、本当の愛を受け取れればいいわね。よかった、わたし……寛人さんじゃなくていっくんと結婚できて」

そこで多可子はスイッチを切った。多可子がＯＫサインを出し、ふたりは爆笑する。

「嘘ではないからね、わたしの本音だし！」

「あははは。これを聞く澄香の顔を見てみたいわ～。まさか初《しょ》っ端《ぱな》から小春が惚気るとも思わないだろうし。小春がノリノリに語ったということは、リアル語り？」

小春は真っ赤な顔でこくりと頷くと、多可子は小春に抱きつき、小春の頭をくしゃくしゃにして喜んだ。

「いっくんと幸せになれ！　いっくんも嬉しくてたまらないだろうな。最初から、小春大好きオーラがすごかったから」

「そ、そうなの？」

「そう。俺の女に手を出すなという牽制《けんせい》がすごいったら。結婚する前でも結婚した後でも、小春を見る目が甘いこと。やっと小春を手に入れられてよかったね、お疲れ様と声をかけてあげたいわ」

「お疲れ様って、いっくんに？」

「そ。私に連絡してきたように、色々と裏で動いていたと思うわよ。誰が敵で誰が味方かを判断し、誰をどこに配置して利用するか……わずかな時間で、失恋したての小春を手に入れて、幸せだって思える愛で包んだのだから、大したものよ」

多可子は嬉しそうな笑みを向けた。

「今度こそ、わたしもあんたの恋愛を応援できる。あの腐れ部長とは違って、いっくんなら、絶対に浮気はしないだろうし、あんたを死ぬまで幸せにできる。だから……よかったね。素敵な恋をし続けてね」

「うん、多可子……ありがとう。泣けてくる」

「ここで泣くな。泣くのはプロジェクトで腐れコンビを打ち負かした時の嬉《うれ》し涙《なみだ》よ！　盗聴なんて姑息なことをしてくる奴らに打ち勝って、後埜総帥を絶対唸らせてやろう！」

小春は力強く頷いて、彼女の隣に座った。

そして手にしたままの分厚いバインダーを開き、書類をテーブルに並べた。

それは後埜ホテルの歴史や、ホテルイベント予定、後埜総帥自身の経歴に関するものだ。グループとしての実績の推移もわかりやすいようグラフにしてある。

「さすがはリーダー。私からは……よいしょ」

多可子も足元の紙袋から、分厚い書類を取りだした。

「これは過去、後埜ホテルと取引があった他企業の一覧。誰が担当し、総帥がどんなものにOKを出したか」

「よくここまで調べたね。うちと取引がないところなのに」

「いつかリベンジしようと、色々とコネを使って調べて分析をしていたんだ。前の時は、なんでもできると自惚《うぬぼ》れた私の高慢で大激怒させてしまって、なんでもできないことを思い知れと次回から会ってくれなくなった。この資料を役立たせたいわ」

小春は多可子の資料を見ていく。総帥が発注しているのは、特に会社の大小は関係がないが、記されている担当者はその道のプロだ。中には国際的なクリエイターもいて、彼の華々しい仕事経歴からすれば、後埜ホテルの方が規模が小さい仕事もある。

「なんでこんな有名人たちが、総帥の仕事を請けているんだろう。総帥が依頼したのかしら」

「いや、総帥は気に入った相手でなければ仕事を出さない。今までどんな仕事をしてきたのか……私がそんな基準で説明していたらどんどん機嫌悪くなっていったもの。そこじゃないのよ、総帥が発注してもいいと思える基準は」

「山下常務ほどの人でも、何度も営業をかけて、今回のチャンスを掴んだのよね。常務の営業の信条って、確か……『諦めない』、だったっけ」

多可子は頷いて言う。

「そう。常務が諦めずに営業かけて……出されたのが〈繋ぐ〉というお題。なぜそんなテーマを決め手にしようとしたのか。突き詰めて完璧なものにしたいのなら、途中の擦り合わせくらいしてもいいと思うけど、質疑応答なし……でしょう？　完成した企画だけを見にやってくる……それでなにがわかるっていうんだろう」

「企画を聞くだけで、わかる基準があるのかもね。それがわかればいいんだけれど。〈繋ぐ〉、か……」

繋ぐ……ホテル業だから、利用客と後埜ホテル側とを繋ぐイベントならいいのか。それとも総帥や子供にとっての血の繋がり……つまり家庭についての企画イベントならいいのか。

それらを口にしてみるが、多可子が難しい顔をした。

「多分、それじゃないと思う。それなら普通だし。違う意味の〈繋ぐ〉を具体的にした企画を求めているんじゃないかな」

「繋ぐ、企画か……」

小春はため息をついた。

期限は二週間。イベント施行ではなく企画段階であるため、時間は問題ないだろう。

問題になるのは総帥が求めた〈繋ぐ〉の意味。

『私見だが、総帥は一を聞いて十を知る……そんな相手じゃないと認めない人だ。総帥に言われただけの仕事ではだめだ。必ずそこにプラスアルファを付加して、総帥の予想を超えるものでないと』

山下常務の言葉を思い出す。

「考えられる〈繋ぐ〉のパターンを書き出してみよう」

「ＯＫ」

そしてふたりはたくさんの〈繋ぐ〉シチュエーションをホワイトボードに書き出してみた。

「ぱっとしないね」

腕組みをした多可子がホワイトボードを眺めて言った。

小春も同様にボードに羅列した文字を見つめながら意見を述べる。

「うん、多分……違う気がする。求めているのがぽっと思い浮かぶようなこんな程度のものなら、わざわざ期間を設けてテストはしないだろうし」

「だろうね。総帥は無駄を嫌うせっかちなイメージがあるし」

「ホテル業のクライアントへの企画として、普通は人と人を繋ぐものを思いつくよね。あとは場所と人。でもホテル王と呼ばれるくらいの大御所にとっては、そんな提案は山ほど受けて食傷気味のはず。そこにうちが割って入るのなら、こんなオーソドックスなものはだめ。繋ぐ、繋ぐ……どんな気持ちでテーマにしたのか……」

「私さ、なんでこの時期に、山下常務の営業に条件付でOK出したのかも気になっているんだよね」

多可子はテーブルの上に置いてある、小春が作った書類を捲《めく》った。

「これから夏になるホテルイベントは、目白押し。うちのリーダーは国内全店舗のイベントスケジュールを表にしてくれたけど……繁忙期に入ったも同然。そして提携先はどれもが大きく、うちより大手のところもある。だったら総帥がうちに頼むとするのなら、季節的なイベントではなく、特別なものじゃないのかな」

総帥が期待する特別なもの——それがなにかを突き止めれば、彼の心を汲《く》んだ企画を作ることができるのではないか。

「家族以外のもので、総帥が特別に思うもの。そしてそれが、ホテルと〈繋ぐ〉ことになるもの……」

ふたりは、互いに用意していた資料を再度読み直しながらあれこれと考えてみたが、あまりに無難なものしか思い浮かばず、ともに頭を抱えるのだった。

◇・＊・◇・＊・◇

午後四時——。

多可子からの電話を切って、小春はため息をついた。

「ふう……。孫娘ちゃんから、ヒントとなるお爺《じい》ちゃん情報は聞き出せなかったか……」

総帥の血縁者は、娘夫婦とその娘しかいないようで、娘夫婦は今どこにいるのかわからない。

だが孫娘は東京におり、総帥と一時期同居していたという裏情報を掴んだ多可子は、その孫娘に話を聞きに行ったが、空振りに終わったそうだ。

多可子曰《いわ》く、かなりインパクトがある孫娘だったとか。

「『ウシロノ　マツリ』と名乗るリアル田舎風喪女……。まあ、アトノ姓を名乗りたくない気持ちはわからないでもないけど」

彼女は多可子に、こう告げたそうだ。

『じいちゃんの近況は知りません。打倒じいちゃんなもので！』

……世の中には色々なタイプのお嬢様がいるものだ。

「総帥は、そういう面白い孫娘ちゃんと喧嘩して寂しいから、わたしたちに〈繋ぐ〉の企画を考えろ、仲直り方法を真剣に考えれば仕事の提携を考えてやると言い出したとか？　……うーん、それは違う気がするなあ……」

多可子は色々と寄りたいところがあるということで、続きは明日に進めることになった。

小春も多可子も新規プロジェクトに携わっていても、同時進行で進めている別のものがある。特に多可子は全国を日帰りで飛び回るほど忙しい社員でもあったが、一件一件を等閑《なおざり》にすることはない。どの仕事にも真剣に向き合っているところを、小春はとても尊敬していた。

『なに言ってるの、私は仕事をとるだけだもの。私からすれば現在進行系の複数のイベントを抱えながら、抜かりなく、そしてクライアントに親身になって寄り添える小春の方が尊敬よ』

彼女はそう言ってくれるが、仕事をこなして経験を積むたびに、過去の仕事の粗を感じて気が滅入《めい》ることもある。

あの時にこうしていれば。もっとクライアントの身になって行動していれば。

寛人はよく「クライアントとは一期一会の関係だ」と言い切っていた。

期待通り、もしくはそれ以上の盛大なイベントにするのも必要だ。だがたとえ地味でささやかなものでも、ツキヤマツーリストに頼んでよかった、また頼みたいと思ってもらえるくらいの、クライアントが心から満足することを重視したイベントを提案して、実行したいのだ。

そう思い、去る者は追わないタイプの寛人に代わり、自発的に彼の手が届かぬ部分のフォローをしたり、既存のクライアントやイベントで世話になった関係者に手紙を出したりお菓子を贈ったりして、次に繋がりやすくしてきたつもりだ。

結果的にそれがすべて寛人の功績になっていても、小春はよかった。

クライアントや関係者が、喜んでくれさえすれば。

「ふう、〈繋ぐ〉プロジェクトについては、次の議題も決めたし、多可子との打ち合わせ内容も書類化したから、今日これからはあじさいイベントの確認をしようか」

小春が手掛けている大きなイベントのひとつは、今週末に開催されるのだ。

外国人の団体客向けの『あじさいツアー』といって、台東区の上野恩賜公園、文京区の六義《りくぎ》園《えん》など東京のあじさいスポットを巡りながら、屋形船に乗ったり伝統工芸を体験したりと、東京の風景と歴史を楽しんでもらおうという、地域復興を兼ねた二日間のイベントだった。

インバウンドブームに乗り、参加者は五十名と大規模。国籍はばらばらだが日本語か英語が理解できることが条件だ。小さい子供を連れた外国人家族も複数参加するため、飽きないようなゲームも考えて企画を練った。

「とにかく楽しんでもらって、トラブルがないようにしないと……」

ガイドや多言語を理解できる通訳者はいるが、当日は澄香もお手伝い係としてツアーに参加することが決定したのは昨日だ。

（ふう、社長から、よろしく頼むとお電話を貰って、いりませんと断るわけにもいかなかったし……。今月末の結婚を控えて、娘にも実績を作らせようとしたのだろうけれど。澄香は英文科卒業らしいけど、実際に喋っているのは聞いたことがない。大丈夫かしら……）

小春が憂鬱気分でため息をつき、ノート型パソコンのキーボードに手を置いた時、電話を切ったばかりの部下、金本潤《かなもとじゅん》が急ぎ足でやってきた。

「チーフ、今熱海にいる渡邊《わたなべ》さんから電話がありまして。田中さんが、萬田《まんだ》ＴＥＣ様のサプライズケーキを三時に届けにくることになっていたそうなんですが、彼が現れないそうです」

「え？　田中くんは？」

姿がない。すると向かい側に座る女性社員が、びくびくとしながら言った。

「あの、私が朝、田中さんから電話を受けました。具合悪いと昨日早退して病院へ行ったら、インフルエンザだったから今日は行けないと……。部長にお話ししたら、俺に任せろと仰《おっしゃ》って」

「部長は!?」

「打ち合わせに行きました。直帰だとボードに」

（郷田《ごうだ》物産と打ち合わせ……。あそこは突然呼び出されて、応じなければ取引をやめるという困ったところ。かなり大手の会社だから、取引がなくなったら大変だし）

事情はわかるが、郷田物産を優先する前に、彼が可愛がっている田中がリーダーをしている案件をなんとかしてほしかった。

田中が担当したのは、田舎といっても過言ではないＮ県で、三十人規模の製造業をしている萬田ＴＥＣという老舗会社のものだ。今まで社員旅行らしいものはしたことがなく、今回は大きな仕事を全員で乗り越えた記念に社長が旅行を企画し、知り合いのツテでツキヤマツーリストに依頼がきた。一方その部下たちより、社長が古希を迎えるために感動的なサプライズをしたいということで、同時進行にて企画が進められていた。

場所は熱海。開催されている花祭りを見て温泉に浸《つ》かり、宴会前に巨大な似顔絵ケーキを社員から社長へ贈って感動させよう……というものだ。社員たちが知るケーキだけではなく、田中たちチームが秘密裏に進めていた秘密のサプライズがある……と、以前寛人から聞いたことがあった。

メンバーは熱海にすでにいるようだが、この時刻では往復している時間はない。

小春はケーキ店に問い合わせると、ケーキはずっとケーキ店で保管されていたままらしい。

(宴会前ということは、六時にはケーキが熱海になければいけないわね)

時計を睨んでいる小春に、女性社員はさらに言う。

「あの、部長が出かける際に、築山さんにケーキのことを頼んでいたように思いましたが」

そんな時、フロアに澄香が現れた。ばっちりフルメイク……いつものように化粧直しに時間をかけていたらしい。

「築山さん、社長の古希を祝う萬田TEC様の熱海イベントの件、部長からケーキの手配頼まれてたの!?」

すると澄香は思い出したように言った。

「あ……。そうだったかも。渡邊さんの携帯に電波が届かないみたいだから、旅館に直接電話して、ケーキを取りにきてもらうように伝えてくれって」

「それをなぜ伝えないの⁉」

小春が気色ばむと、澄香は大げさに怖がってみせた。

「チーフ、そんな怖い顔をしないでくださいよう。私だって新規プロジェクトの打ち合わせがあって、忙しかったんです。ケーキくらい、なくても大丈夫ですって。社員たちの愛さえあれば、社長だって喜んで……」

「それを決めるのはあなたじゃないわ！　社長を祝いたいとサプライズを用意した社員たちの心を、あなたは踏みにじりたいの⁉」

「大げさですって、チーフ。元はといえば仕事放棄した田中さんが悪いんです。私のせいじゃないんだし。それに私、田中さんのイベントに関わってないんですよ。それともこの機に、ここぞとばかりに私をいじめようとしているとか……」

「ふざけんじゃないわよ！」

寛人を寝取り、マウントを取った時ですら、小春は澄香に声を荒らげなかった。

だが今、小春は激怒に身体を震わせている。

「仕事をなめないで。わたしたちを信頼して依頼をくださるお客様を馬鹿にしないで！　これは誰の仕事だからとかじゃないの。誰の仕事であっても、緊急事態には全員、自分の仕事として考えて動かないといけないものなの！　それが社員が持つべき責任感よ！　わたしはそうあなたに何度も教えたはずよね」

「なんで私が怒られないといけないんですかあ」

屈辱に唇を戦慄《わなな》かせる澄香に、小春は声を荒らげた。

「話にならない！」

フロアがしんと静まり返っている中、小春は急いで身支度をすませると、大きな声で言った。

「わたし、これからケーキを受け取って熱海へ行ってくる。今、課長も部長もいないから、戻ってきたらその旨伝えておいてちょうだい。直帰します！」

小春は腕時計を見ながらケーキ店に走り、平謝りしてケーキを受け取ると、タクシーで駅に向かった。列車の到着まで少し時間があり、いらいらしながら待っていた列車に飛び乗った。

窓の外の景色は、今にも雨が降り出しそうな鈍色《にびいろ》の雲に覆われている。

(うう、折りたたみ傘は持っているけど……雷が鳴りませんように)

ばりばりという雷鳴を聞くと、身体が竦《すく》んで動けなくなる。

雷は怖いのだ。

(行って渡してすぐ帰れば、大丈夫……)

小春は渡邊にメールをして、今から届けにいくことを告げた。

『チーフ、ありがとうございます！　間に合わないかもしれない旨を担当者に話したら、ひどくがっかりされていたので、絶対に喜びます！　俺たち側からのサプライズもきっと。多少の時間調整はできますので、お待ちしてます』

(代理で急遽リーダーで動くことになった渡邊くんがしっかりしていたから助かった)

列車は一時間もしないで熱海に着き、そこからはタクシーで宿までいく。

坂道が多い山奥に旅館があるため、ケーキを持って走るのは無謀だった。

(うう、雷が遠くで鳴ってる……。聞こえない、聞こえない……)

タクシーはすぐに老舗旅館に到着した。とても風情がある建物で、小春もお金と時間に余裕があれば、ゆっくりしてみたい旅館だ。

女将《おかみ》を通して渡邊がやってくる。

「チーフ、ありがとうございます！　助かりました。このケーキがなければ、このイベントが無意味になるところだった」

「渡邊くん、わたし、ここに残った方がいい？」

すると渡邊が首を横に振る。

「大丈夫です。メンバーがふたりいますし、女将さんも番頭さんも協力してくれるので。俺たちでやらせてください」

「そう。リーダーの不参加で、副リーダーとして荷が重いかもしれないけど、常にお客様のことを考えて行動すれば乗り切れる。この経験が、あなたを大きくしてくれると思うから」

「はい、わかりました！」

そして小春はその横に微笑んで佇《たたず》む、着物姿の女将に頭を下げた。

「互いに喜ばせたいという、愛に溢れた社長様と従業員様たちです。皆様が思い出に残るような素敵な宴を、どうぞよろしくお願いします」

「承知しました。こちらも精一杯、愛あるおもてなしをさせていただきますね」

小春は笑顔で再度頭を下げてから、待たせていたタクシーに乗り込んだ。

坂を下って駅に近づくにつれ雷鳴は大きくなり、横殴りの雨が窓を激しく叩きつける。さらに風も強くなってきたようで車体が揺れた。

（怖い、怖い……早く家に帰りたい……）

駅についた時には、稲光と雷鳴の間隔が短くなり、土砂降りだった。

早く帰ろうと駅舎に入るが、非常に近い場所に落ちた雷の轟音《ごうおん》に悲鳴を上げて待合所のベンチに逃げ込み、頭を抱えた。

「ど、どうしよう……。足が竦んで……震えが……」

ホームは視界の中にある。

少し歩けばいいだけなのに、身体が恐怖に動かない。

この天気で列車が運休になるかもしれないから、早く列車に乗るのが得策だと、自身を叱咤《しった》してみるが、雷鳴に鳥肌が立ってくる。

「どうしよう……。このままだと帰れない……」

時刻は七時。半泣きになるし変な汗が止まらない。

見兼ねて駅員さんが紙コップの水を持ってきてくれたが、雷鳴が聞こえる度に水が揺れて、ついにはこぼれてしまった。

『……ちゃん』

「なんでこんな天気になるの。台風じゃないのに」

『コハちゃん』

頭の中で誰かがなにかを言っている。

「昔もあった……。近くの公園で、数人で遊ぶ約束をしていて、待っていたら……天気が急変して」

雷が落ちる音は、両親の大喧嘩《おおげんか》の時の声を彷彿《ほうふつ》させ、恐怖を感じるのだ。


『慰謝料は払うんだから養育費なんていらねぇだろ！　お前が勝手に産んだんじゃねぇか。俺は堕ろせっていったのに』

耳をつんざくような怒声に耐えきれずに家から飛び出た。

友達との約束時間より少し早いけれど、先に公園で待っていよう。

やってきた友達と一緒に遊んでいれば、きっと嫌なことなんて忘れられる。

そう、今まで通り。

誰もいない公園でブランコに乗っていると、ぽつりぽつりと雨が降ってきた。

そして――稲光。雷鳴。

悲鳴を上げている間にも雨足は強くなり、慌てて小春は土管のような遊具の中に入り、恐怖に震える身体を丸めて泣き続けた。

『私のせいだというの!?　タダではあんたの子を育てないわよ。このまま不倫女と結婚できずにずるずる暮らすか、あんたが小春を育てるか、この養育費についての契約書にサインして離婚するか、どれかにして！』

助けて。

誰か、そばにいて。

ひとりにしないで。

わたしを見捨てないで。

冷え切ったこの身体を、誰かに温めてもらいたい。

しかし荒れ狂う天気の中、両親はおろか友達も姿を現さなかった。

見放されたのだと思ったら、胸が苦しくて息ができない。

このまま自分は死んでしまうのだと、すべてを諦めかけたその時、声がした。

『いた！　遅くなってごめんね』

時間を覗き込むのは、おかっぱ頭をしたびしょ濡れの美少女。

全身泥だらけだから、転んだのだろう。

『怖かったね。もう大丈夫だよ。僕がいるから。コハちゃん、深呼吸、しよう』

少し辿々《たどたど》しく、しかし穏やかな口調。

優しく背を摩《さす》り抱きしめてくれたから、少しずつ凍《い》てついた心が解け涙が溢れた。

『いっくん、いっくん……！』

『僕はここにいるよ。コハちゃんの隣にずっといるから』

（この記憶は……）

小春の上着のポケットに入っているスマホが着信音を知らせた。

震える手で取り出すと、それは維玖だった。

〈小春、大丈夫か⁉〉

強張《こわば》った声だったが、不思議に懐かしい響きがあった。

〈今、着いたから〉

「つ、着いた……？」

〈熱海の駅。車を飛ばした。だってきみは……雷が大嫌いだろう？〉

どっくんという大きな鼓動が、封じていた記憶の箱の鍵を壊した。

記憶の箱から飛び出した思い出の欠片《かけら》が形になっていく。

（ああ、いっくんは……）

「小春！」

それからすぐ、小春の名を呼ぶ声がした。

横を見ると、スマホを耳に当てて髪を振り乱した維玖がいた。

「小春、遅くなってごめん。怖かったね、息はできているか？　深呼吸しよう」

維玖に抱きしめられ、その温もりが冷え切った身体にじんわりとした熱を広げた。

この感覚、この感動……覚えがある。

ああ、そうか。

『コハちゃん。大丈夫だからね』

この記憶は、維玖との思い出なのか。

同時に、泣きたくなるほど切なく込み上げてくる、この衝動は――。

(わたしにとってもいっくんは、初恋の人だったんだわ)

維玖が転校してきてから一ヶ月あまり。

嵐の一件で、女の子のように弱々しく庇護《ひご》すべき存在だった維玖が、小春を守ることができる頼《たよ》り甲斐《がい》がある男だということを知った。

誰からも見捨てられた自分を、ずぶ濡れになって助けにきてくれた彼は、王子様だった。

そう、あの時小春は――維玖に恋をしたのだ。

そんな維玖を忘れてしまったのは――。

「ネットニュースで熱海付近に雷警報が出ているのを見て、妙な胸騒ぎがしたんだ。きみのスマホに電話をしたけど繋がらない。前に万が一のためにGPSアプリを入れてもらっただろう？　あれを見たらきみは熱海にいるじゃないか。会社に電話をしたら、トラブルがあったからきみは熱海に向かったと言われた。きみが……昔みたいに雷を怖がっていると思ったら、気が気ではなくて……」

維玖は冷たかった小春の頬に、自分のそれをくっつけた。

温かい熱が小春の全身に広がっていく。

「スピードを出せる車でよかった。昔は……待ち合わせの公園まで走って向かった時に転んで、濡《ぬ》れ鼠《ねずみ》だったから。抱きしめてもきみが凍えそうでひやひやしていたけど……」

「だけど……ぽかぽかしていたんだよ」

小春は維玖を見上げて笑った。

「誰からも見捨てられてひとりで震えていたあの時、いっくんだけが来てくれたから」

「小春……？」

そう。凍えそうな中で、温かな紫赤色の瞳が小春の心に熱を灯《とも》した。

「わたしね、あの時……いっくんを男として意識しちゃったの。ドキドキして……。いっくんはわたしの……初恋の男の子だったんだ」

維玖の目が驚きに見開かれる。

「少しずつ……思い出してるの。いっくん……わたし、公園の土管の中で、いっくんに抱きしめられながら、あなたに恋をした」

「本当に……？」

維玖の声が上擦っている。

「本当よ。あなたを男の子だと意識して、好きになった」

小春は維玖の手を握りしめて微笑んだ。

「わたしが雷嫌いなのは、喧嘩ばかりしていた両親の怒声を思い出すからなの。いっくんと仲良くしていた中二の時、とうとう親の離婚が決まって、お母さんに強制的に転校を決められた。そこにはわたしの意思はなかった。お母さんの意思に背けば癇癪を起こして叱られる。『この親不孝もの！　お前さえ生まれなければ、あの人も私を愛し続けてくれたのに』って……」

両耳を押さえても聞こえてくる、雷鳴によく似た金切り声。

それは小春の身体に、直接落雷したかのような衝撃を与えるものだった。

「……わたし、生まれてはいけなかったように、邪魔者みたいに言われるのが、いつもすごく辛くて。わたしが反論しなければお母さんは優しいから、従うしかなかったの。嵐が過ぎゆくのを、今か今かと震えて待つしかできなかった」

そして小春は維玖の目をじっと見つめた。

「わたし、転校したくなかった。いっくんと別れたくなかった。でも転校の日は刻一刻と近づいて、いっくんに言えなくて。だから階段で落ちた時、わたしが怪我をしたら、離婚した両親が揃って心配して……これを機に復縁して転校がなくなりますようにって願った。そうしたらいっくんと一緒にいられると……」

小春の目からは涙が溢れ出る。

「いっくんのことばかり考えすぎていたからかな。いっくんがわたしから消えちゃった。もしかするといっくんとの別れは抗《あらが》いようがないから、せめて辛くならないようにという防衛本能の成せる業なのかもしれない」

色々なことに諦観していた小春は、だからこそいつも維玖に諦めるなと言っていた。

維玖が自分のように、辛い思いをしないようにと。

「本当にごめんなさい。好きだという気持ちを含めていっくんのことをすべて忘れ、さようならも言わずに別れるなんて。そのためにいっくんが引き擦ってしまったのに」

「……いい。そんなことはいい」

維玖は泣きじゃくる小春を、強く抱きしめた。

「いっくん……わたし、好きだったんだよ。いっくんの頑張りはわたしの勇気になって、あなたの優しさは心が荒《すさ》みかけていたわたしの清涼剤だった。親も来ないひとりぼっちの世界で、ずぶ濡れになって助けに現れたあなたは……わたしの王子様だった。どうして……忘れちゃったかな。忘れたくないほど好きだったのに」

『コハちゃん……ありが、とう』

『どういたしまして。困ったことがあったら、我慢しないで言ってね。可愛いいっくんをいじめる奴なんて、わたしがしめてやるから！』

『こ、これ……僕だけに？』

『そう。皆に内緒ね。バレンタインには早すぎだけど、チョコチップのクッキー！』

封じていた記憶の箱の中からは、維玖への愛おしさが溢れ出た。

小猿のようだった自分が、維玖に可愛いと思われたい……そんな乙女心を覚え、拙いながらお洒落をしてみたりした。その変化に同級生は笑ったけれど、維玖は真っ赤な顔で『可愛い』と言った。悶えた小春は、その日はずっとハイテンションだった。

そんな記憶のすべてが彼方《かなた》に消え、事故から回復した時、維玖はどこか違和感ある同級生となってしまい、近づいたらだめだと、頭の中で警鐘が鳴るようになった。

なぜかと気にしたらだめ。別れが辛くなるから。

話しかけられても流さないとだめ。記憶に残らないように。

どうせいなくなってしまう人に、心を残してはだめ。

辛いことは、お父さんとお母さんの不仲だけで十分でしょう——？

どこかで自分は、維玖と再会する前から惹かれていたような気がしていた。

寛人への傷を埋められるほど、よく知らないはずの維玖の存在感は大きかったから。

(ああ、伝えたい)

昔には叶わなかった、愛する気持ちを。

「いっくんが……好き」

二倍になった愛を伝えさせてほしい。

言葉だけではなく、身体で。

「小春……っ」

維玖は小春の唇を奪い、小春もまた維玖の愛に応じた。

帰りたかった懐かしい場所に、ようやく辿《たど》り着《つ》いたような安堵感《あんどかん》を覚えながら。

◇・＊・◇・＊・◇

藺草《いぐさ》の匂いがする大きな和室。

和紙の筒状のランプが、淡いオレンジ色の光で二組の布団を照らしている。

部屋にある風呂から一緒に出たふたりは揃いの浴衣を着ていた。

維玖が車で来たのだから、気をつければ家に帰れるかもしれないが、ふたりは帰りたくなかった。

風雨にさらされてはいないのに、身体が冷えているからと言い訳して、近場の旅館に入ったのだ。

縺《もつ》れるようにして布団の上に倒れ込んだふたりは、きつく抱きしめ合って唇を重ねた。いつだって維玖の唇は蕩けるように甘く、身体の芯が熱くなってくる。

ねっとりと絡ませ合った舌を吸い、淫らな声を上げてキスに耽《ふけ》る。

温泉でしっとりとした素足が、浴衣の裾をはだけて絡み、弄り合う。

「ふふ、キスだけで蕩けた顔をして、可愛い」

「だって、お風呂でも……」

「お風呂は互いの身体を洗い合っただけだよ？　それなのに誰かさんは、気持ちいいとうっとりした顔で、イッちゃったよね」

「いっくんの指が、気持ちいいから……」

「小春が感じすぎるだけだ。どこを触ってもたまらない身体をしているから」

維玖は両手で、浴衣の上から小春の両胸を揉《も》み込《こ》んだ。

浴衣の下は素肌だ。

「んっ、んんっ」

リズミカルに揉まれる度に、甘い息が弾んでくる。

「小春。浴衣をツンと突き上げている、この突起はなに？」

「し、知らない！」

「そうか、小春も知らないなら、これはなんだろうね。ちょっと囓《かじ》ってみようか」

「ひゃっ、ぁあんっ」

そして維玖は浴衣の上から蕾を口に含むと、奥歯で甘噛みした。

秘処にダイレクトに響く、じんとした強い感覚が身体に広がる。

小春は思わずびくんと身体を跳ねさせた。

「弾力性があって、こりこりしてる。なんだろうね、これ」

今度は浴衣ごと蕾を唇で摘ままれ、くいくいと引っ張られる。

「は、ああっ、だめ、そこばかりだめ！」

攻められると、秘処がきゅんきゅんと疼いてじんわりと熱く濡れてくる。

「ここをいじると、どうして小春の身体がびくびくするの？　しかも……そんなに蕩けた顔で、可愛く啼いて」

絶対に維玖はわかって言っている。

「……あ、小春。ここ、いじりすぎて腫れてきてしまったみたい。ほら、こんなに大きく硬くなってる」

浴衣地をぴんと張らせて蕾の輪郭を強調させるため、羞恥に悶える小春は維玖の肩をぽかぽかと叩いて抗議する。

「ふふ、やさしくほぐしてあげようね」

そして維玖は濡れた目で小春を見遣りながら、浴衣の上から舌先で蕾を揺らした。

唾液に濡れる生地は次第に透けてきて、紅に染まった蕾の全貌を際立たせる。

維玖のくねった舌がさらに蕾の付け根まで露《あら》わにさせると、強くじゅっと吸いついた。

「んんんっ」

感じて仰《の》け反《ぞ》る小春に、維玖は掠れた声で囁く。

「小春……浴衣がもどかしいね。小春のここ、直に舐めるよ」

維玖は小春の両肩から、浴衣を下ろした。

両胸がはだけて恥ずかしい。

「だめ、手で隠さないの。こんなに綺麗な胸を……ああ、本当に昂《たかぶ》るね」

維玖は両手で胸を鷲掴んで中央に寄せると、しこった胸の蕾を交互に吸いつく。

それだけでたまらない気分になるのに、必ず胸を愛撫《あいぶ》する時は、引き攣った傷にも舌を這わせるのだ。何度触れられても、ぞくぞくとした快感を拾ってしまう。

ちろちろと舌先で揺れる蕾は、いやらしくくねった舌先でゆっくりと根元から捏ねられ、音をたてて強く吸われる。

「気持ちいい、いっくん……ああっ」

維玖の性技は格段に上達し続け、小春の様子を見ながら程度を加減できる余裕がついたのが、恨めしい。元来舌も指先も器用なのだろうが、意思を持って技巧的に愛撫されてしまうと、秘処がじゅくじゅくと濡れて、疼いてしまうのだ。

「ふふ、小春。腰が艶めかしく動いている。わかってる？　浴衣の下はお互い裸だ。今きみが腰を揺らして擦りつけているのは、剥《む》き出しの俺だ」

「……っ」

「ああ、なんで真っ赤な顔をして、強く擦りつけてくるんだよ」

苦笑しつつ、維玖も腰を動かして、ごりごりとした先端が小春の花園の表面に当たるように動いている。

「あぁ……小春。蜜でどろどろ。滑りがいいから……聞こえる？　いやらしい音」

ぐじゅぐじゅと湿った音が聞こえてくる。

「だって……ああ、そこ……っ、ん……いっくんが、気持ちよくて」

熱く濡れた硬いものが、秘処を覆い尽くすくらいの質量で蠢《うごめ》くのだ。

生き物が這っているように錯覚しながら、これが維玖の直の感触だというのが、快感を加速する。雄々しいものに力強く秘処を蹂躙されるたび、ぞくぞくとしたものが腰から迫り上がってくる。

「あん、ああんっ」

やがて仰向《あおむ》けになった維玖は自分の上に小春を乗せ、浴衣の裾ごと小春の両足を大きく開いた。そこに下から維玖の己自身が顔を出し、前後に動いている。

「や、ああ、えっち。いっくん、えっち！」

自分の股から見え隠れするように動く剛直は、あまりにも淫靡《いんび》だった。維玖が腰を振る度に、小春の蜜を潤滑剤にして逞しい剛直が花園を擦り上げる。

維玖はもっと小春に局所が見えるように、両手で掴んだ彼女の足を持ち上げ、ゆさゆさと揺らすようにして剛直を動かした。

「ああ、だめ、それだめっ」

「可愛い顔してる。気持ちいいの、こんなにいやらしいことをされているのに？」

「いっくんなら、いい。いっくんだから、いいの。いっくん、ああ」

維玖は自分の首元で悩ましい顔で喘ぐ小春を見つめると、ゆっくりと横から舌を滑らせるようにして小春の舌を搦めとる。

舌も秘処も、そして彼に包まれる身体全体も、愛しい存在に満ち満ちて多幸感に酔いしれる。

自分の足を持ち上げる彼の手に触れ、もっと彼が欲しいと甘えた声を出してしまうと、維玖は秘処を滑らせていた剛直を蜜口から埋め込んできた。

「あ、あああっ」

猛々しいものが、きつい膣道をぎちぎちと押し開いて侵入する。

異質なものが体内に深く入ってきて、小春は肌を粟立てながら圧迫感に耐えた。

「ああ、身体の中も……いっくんでいっぱい……」

「そうだよ。俺でいっぱいになって、頭の中もきみの人生も」

耳元に吐息交じりの声が届く。

「コハちゃんは……中学時代からもう、俺の女だ」

「……うん」

維玖はゆっくりと抽送を始める。

「嬉しいよ、小春。すごく嬉しい。だから俺……今夜は萎える気がしない」

「ん……いいよ。いっぱい、しよ……。大好きないっくんと、たくさんイキたい」

「ふふ、俺の可愛い奥さんは貪欲だから……頑張らないとね。あ……んっ、きみの中が吸いついてくる。なんだか……きみの中もすべてで、俺を好きだって言ってる」

「言ってるよ。ああ、いっくん……好きだもの」

深くゆっくりだった抽送が、がつがつとした力強いものとなる。

乱れて啼く小春をうつ伏せにさせると、維玖は背後から覆《おお》い被《かぶ》さるようにしながら、力強く突き上げてくる。

「ああ、すごい、奥まで……！」

卑猥な水音を奏でながら、質量を増した彼の剛直が膣の内側を擦り上げて突く。

強い刺激に目がチカチカする小春は、喘ぐしかできない。

「小春、愛してる。俺が伝える愛、全部受け取って」

「ん、んんっ、いっくんが好き。ああ、もっと、もっと奥まで……そこ、それ！」

ぞくぞくが止まらず、小春はあまりの快楽に咽《むせ》び啼いた。

「ああ、小春。締めつけるな、悦びすぎだって……」

「そ、そんなこといっても……」

「ああ、小春。イこうか。俺の……俺の精、受け止めてくれる？　小春が好きな最奥に何度もかけたい」

熱情に掠れきった声を聞きながら、維玖の言葉に子宮が興奮に奮えた。

「ああ、かけて。維玖の……熱いの、かけて」

「いくよ、小春、小春……っ」

薄い膜がないと思うだけで戦慄にも似たスリルにぞくぞくした。

快感のうねりが大きくなり、否応なく小春はそれに呑み込まれた。

制御不能な大きなものが、小春の身体をばらばらにしようとする。

「やっ、ああっ」

身体が持ち上がるような浮遊感を感じると、維玖の獰猛《どうもう》な剛直が小春が弱い部分を大きく刺激した。

「イッちゃう……！」

一気にぱあぁんと弾け飛び、身体ががくがくと痙攣《けいれん》する中で、吠《ほ》えているみたいな呻《うめ》き声《ごえ》が聞こえ、最奥に熱い飛沫が迸ったのを感じた。

「ああ、赤ちゃん……」

歓喜に満ちた顔で腹を撫でる小春を見て、果てたばかりの維玖は複雑そうな顔を見せる。引き抜かれた剛直には避妊具が被《かぶ》せられていた。

「……そんなに喜んでくれるとは思わず……、嘘ついた。ああ、そんなに悲しい顔をしないで。きみの仕事が一段落したら、きみが孕むまで何回も注ぐから」

「……っ！」

「今は……冷めないこの熱情を受け止めて」

果てたばかりのはずなのに、捻りこまれた彼の剛直には芯がある。

甘い歓喜の声を上げたのはどちらが先か。

「疲れたら温泉で回復して、一晩中愛し合おう。明日の休みは確定だね」

「仕事……」

「だったら仕事の成果を持ち帰ればいい」

維玖は小春の中に挿れたまま、動かない。

話すたびに声が甘くなってくる。

「だけど今は……俺の甘い恋人でいて」

(妻ではなくて恋人……)

「コハと小春を……ふたり愛したいから」

色香に満ちた男の顔で、維玖は艶笑する。

いつしか雷鳴はしなくなっていた。

雷が鳴っていたことすら気にならなかったのは、維玖のおかげなのだろう。

昔も今も維玖の存在が小春を救ってくれるのだ。

(恋人のようなわたしの旦那様が、維玖でよかった)

ふたりは、さらに膨らんだ愛に喘ぎながら、蜜夜を過ごすのだった。

第五章

翌日、梅雨まで明けたかのような快晴だった。

昨夜の嵐により列車は運転を見合わせていた上、さらに混み合う朝に人身事故があったとかで、また列車は動かなくなってしまったらしい。

小春は維玖の車で帰れるが、思い切って半休にしてもらい、午後に出勤することにした。

(多可子にも送信……っと。……早！　なにこの多可子のにやにやスタンプ……)

同時に熱海でイベントを終えた渡邊からもメールが届き、ケーキを受け取って泣いている社長の写真や、ケーキを持った社長を取り囲んだ集合写真が送られてきた。

『俺、この仕事が好きです。そう強く思えたのも、嵐の中、愛の詰まったケーキを届けてくれたチーフのおかげです。本当にありがとうございました！』

(よかった……)

目を潤ませてスマホに見入っていると、声をかけられる。

「もしもし、小春さん。旦那さんのことを忘れていませんか？」

それは手を繋いでいる、維玖だ。

ふたりはせっかく熱海に来たのだからと、花祭りを見てから帰ることにしたのだ。

あの嵐から一夜明け、あの豪雨に散らずに生き残れた花は瑞々《みずみず》しい花弁を開いて咲き誇り、その強靭な美しさは圧巻だった。

「中学時代のこともちゃんと思い出していますよ、維玖さん」

小春は笑いながらスマホをバッグにしまった。

「本当に？　忘れてない？」

「ないない。いっくんはわたしの大好きな旦那様。もう絶対に忘れないよ」

握った手に力を入れてそう笑うと、維玖は赤くなる。

「うわ、いっくん首筋まで真っ赤」

「言うなよ。コハちゃん時代を思い出した小春の破壊力は、すごいんだよ」

「破壊力って……。なんだかわたし、長年封印されていた邪神みたいなんだけど……」

「邪神だよ。きみにどこまでも愛されるような素敵な旦那様でいたのに、すぐに俺を無力化してくるんだから。底知れない魔性の魅力を振りまくし。さっきから周りの男も、ちらちら……」

維玖は本当に嫌そうな顔であたりを見回し、途中で目を留めて舌打ちする。

自分に向けられている視線があることに気づかない小春は、からからと笑った。

「やだなあ、いっくんじゃあるまいし！」

小春がちょっと脇の花に魅入っていると、維玖は美女から声をかけられるのだ。

だが維玖は愛想よくすることもなく、某時代劇の印籠みたいに、薬指の指輪を見せつけて撃退している。手慣れたものだ。

結婚していてもいいと寄ってくる強者もいたが、殺気のような冷え込んだ眼差しを向けられることに耐性がなかったらしく、すぐに逃げ去った。

維玖が他の女に目もくれないことは嬉しいが、あまりにも塩対応すぎて、相手の女性が気の毒にも思えてくるほどだ。

「いっくんなんか、さっきからちょうちょまで寄ってくるじゃない。絶対に花と間違えられているんだよ。元々いい匂いするし」

「それは小春じゃないか。何度俺、その匂いにくらくらしたことか……。それにちょうちょが来ても、俺は男だし。昔とは違うんだし！」

「あったよね。公園でいっくんが花壇にいると、寄って来た蝶《ちょう》」

「それを羨んだきみが俺の真似して、蝶が来るまでいると街灯下の花壇にいたら、寄って来たのは……」

「蛾《が》！　しかも巨大なのが大軍！　悲鳴を上げて逃げたよね。ずっと蛾を見るとぞっとなっていたんだけれど、理由を思い出したら納得……というよりトラウマ級」

小春は鳥肌になった腕を撫でた。

「ふふ、本当に小春、きちんと昔のこと思い出したんだね。こうやって昔のことを気軽に話すことができることを、ずっと待ってたよ」

維玖は嬉しそうに笑う。

その表情にはどこか、女の子のようだった昔の面影が見えた。

今の彼はどこからどう見ても男にしか見えないはずなのに、小春が初めて恋した頃の面影を残す彼は、やはりいつになっても特別だ。

「うん。お待たせしましたが、ただいまです」

「お帰り」

両手を広げる維玖に抱きしめられると、故郷に戻ってきたような懐かしさに心が痺れた。

帰るべき場所はここだったのだと、心から思える。

昨日より強くそれを感じるのは、夜通し愛を確かめ合ったからだろう。

雷が気にならなくなるほど、優しく激しく……彼の愛に包まれ守られていたから。

「今日一日、休みにしてしまえばよかったのに」

維玖が拗ねた声を出した。

「結婚して素敵な旦那様ができたからと休んでいたら、澄香になにを言われるか。いっくんと結婚したことで、パワーアップしたねって皆から認められたいの。いっくんの隣に立つためには、腰砕けてふにゃふにゃしている自分じゃだめ。ぱりっとぴりっと、堂々と妻ですと言える日がくるように、まずは仕事を頑張りたい！」

「……可愛すぎることを言う小春に、キスしていい？」

「だめ！　人がたくさんいるじゃない。お花を見よう！」

花祭りは、まだ早い時間なのに大勢で賑《にぎ》わっていた。

維玖は肩を竦めると、子供のように無邪気に手を引く小春に苦笑した。

小春はあたりを見渡しながら感嘆の声を上げた。

「見事だね、どの花も。ここまで愛情を持って育ててもらえたら、花も本望よね」

そしてわずかに目を細めて、懐かしそうに呟いた。

「わたしね……花になりたい時期があって、学校の片隅でひっそりと咲く花を眺めていたの。誰からも見向きされなくても、凛として咲ける花に憧れて」

「小春はそういう花にはなれないよ」

維玖に断言されて、小春はショックを受けていじけてしまう。

「わたしは雑草だとわかっているけど、思うことくらいは自由に……」

「そうじゃない。小春は眩しい太陽みたいなヒマワリだから、ひっそりと咲く花ではない……と言いたかったんだ」

「……っ」

過大評価だとわかっているのに嬉しくて、小春は照れてしまった。

それを横目に見た維玖は、目を閉じて近くの薔薇の匂いを嗅ぐ。

その横顔は美しく妖艶だ。

ヒマワリなど足元に及ばない、周囲の目を奪う……まさしく薔薇。

昔はカスミソウのように可愛らしい小花を連想しただろうが、今は違う。

人を惹きつけるためだけに咲いているような、魅惑的な艶花だ。

うっすらと開いた瞳は、どの薔薇よりも瑞々しさを魅せる紫赤色。

彼は流し目で小春を見ると、口元に笑みを湛《たた》えて言った。

「これ、すごくいい香りなんだ。小春も、目を瞑って匂いを嗅いでみて」

維玖をうっとりとさせる香りらしい。

興味をそそられて素直にそれに従うと、唇にちゅっとキスをされた。

慌てて目を開けると、維玖は笑っている。

「な、な……皆、見ているのに！」

小春が慌てて周囲を見渡すと、突如不自然に顔を背ける観光客が多いこと。

(絶対、見られた！)

「ふふ。俺に我慢をさせることができない、可愛すぎる小春が悪い」

意地悪そうな笑みを浮かべて、維玖は小春の腰を引き寄せ、耳打ちする。

「もっとたくさん人に、見せつけたいんだよ、俺は。ここにあるどの花より艶やかな小春が、俺のことを愛してくれる最愛の奥さんで……昨夜、どれだけ愛し合って幸せな時間を過ごしていたのか、自慢したいんだ」

「……っ」

「いつだって、どんな時だって……愛してる」

身も心も熱く濡れて、きゅんきゅんが止まらない。

「わたしも……」

震えた声音でそう返すのが精一杯だ。

急に噎《む》せ返《かえ》るような甘い香りがしたかと思うと、維玖に後ろから抱きしめられた。

彼は小春の耳をかりと囓って小春を喘がせると、ふっと笑って囁いた。

「ここにある花よりも、きみの方が魅惑的すぎて、きみを愛でたくなる」

「……っ」

「どんな美しい大輪の花でも、昔も今も俺が心を奪われるのはきみだけだ」

幸せすぎてときめきが止まらない。

指を絡ませて握った手が、ふたりの情動に悩ましい動きを見せている。

熱い舌が密《ひそ》やかに首筋を這い、小春は声を押し殺して悶えてしまう。

花を見ているふりをしているのに、秘めやかな蜜事を周囲に知られてしまっているかもしれないと思うと、背徳感にさらに身体が熱くなる。

(ああ、わたし……こんなにいやらしかったなんて)

維玖に触れられ、維玖に囁かれるだけで女に目覚める。

維玖だけに咲く、淫らな花になる。

「お花を千切ってはだめでしょ！」

視界の端で小さな少女が、藤の花にも見える木から、ラッパ型の青紫色の小花を千切って蜜を吸っていた。それを母親が叱っている。

それを見ていた維玖が、小春に甘く囁く。

「花の蜜より、きみの蜜の方が甘くて濃厚なのにね。俺なら……きみの蜜を吸いたい」

「そ、そんなこと……」

「昨日もいっぱい啜ったよね。舐めても溢れるきみの蜜。ここの奥から」

握ったままの手が、下腹部を撫《な》で上げる。

「とっても美味しかった」

その声に反応し、子宮も秘処もきゅんきゅんと疼いてしまった。

「思い出した？　悩ましい女の顔に艶《いろ》づいている。ここに誰もいなかったら、その唇を奪って舌を搦め、立ったまま繋げたかったな」

そんな状況を想像しただけですぐに感覚を再現できるほど、維玖に慣れてしまった身体から、とろりとしたものが垂れてくる。後から後から。

「い、いっくんの馬鹿……」

小春は太股《ふともも》を戦慄かせた。

「なに？　蜜が垂れて止まらない？」

小春は赤い顔で小さく頷いた。

「だったら、車に戻ろうか。啜ってあげる」

維玖は車を駐車場から移動させて人気のない路地に停めた。

そして小春のシートを倒すと、その足元に身体を埋めて小春の足を両手に抱く。

「ああ、下着の染みがすごい。花を見てこんなに濡らす人って小春くらいじゃないか？」

「だ、だって……」

ショーツごとパンストをするすると下ろされた。

露わになった秘処に維玖が口をつけ、ちゅるっと音をたてて吸い立てられた。

「うんんっ」

刺激を求めてじんじんしていた秘処は、それだけで悦びにさざめいた。

維玖は身を捩って喘ぐ小春を見つめながら、舌で花弁を割り、溢れ出た蜜を今度は大きな音をたてて強く啜った。

「やっ、ああっ」

あまりの気持ちよさに腰が揺れ、広げた太股が震えている。

甘い痺れが走る秘処を、維玖がくねらした舌を動かして蜜をかき寄せ、うっとりとした顔で唇を寄せて吸っている。その時に漏れる維玖の官能的な声に、またとろとろと蜜が流れてきて止まらない。

小春の片手は維玖と指を絡ませ合い、反対の手は維玖の口淫のリズムに合わせるように、彼の柔らかな髪を弄る。

「はぁ、またこんなに蜜を飲めて幸せ。んん……全部吸い取ってあげる」

狭い車内の中で、維玖の嚥下する音が淫靡に響いている。

「ああ、やぁっ、維玖、維玖……それ……っ」

維玖の唇は前方に埋もれていた秘粒を探り当て、ちろちろと舌先で刺激する。

「や、ああっ、そこ、そこだめ」

「ふふ、ここも……小春の胸の蕾みたいに紅に染まって大きくなってる。可愛いな、本当に小春は。全部食べちゃいたいくらいに、甘いし……」

維玖は粒に軽く歯を当てながら、蜜を垂らす穴に中指をゆっくり差し込んだ。

「あああっ」

一気に弾けて、嬌声が掠れて甘さを強く滲ませる。

「ふふ、きゅうっと俺の指を締めつけて、イッちゃったね。でもいやらしい小春は、これくらいでは満足しないの知ってるよ。さあ、何回もイこうか」

ぐちゅりぐちゅりと音をたてて維玖の指が激しく出入りする。

時折中で角度を変えたり、小春が弱い浅瀬のある一点を指の腹でひっかかれたりされ、その都度小春は足先に力をいれて丸めて、駆け上がる。

指はいつしか複数になり、中でぱらぱらと動いて小春を攻め立てる。

指では届かぬ奥がきゅんきゅんと疼いてもどかしい。

「いっく……んんっ、維玖の……維玖ので……奥まで、感じたい」

「……っ！」

「いっくんが欲しい。わたしの空虚《なか》に……みっちりと埋めてほしい……！」

小春が維玖をねだると、維玖は苦しそうな顔をして……チャックを下ろした。

「本当に、きみという人は……。どこまで俺の理性を壊すんだ」

維玖が口をつけていた秘処に、ごりごりとした維玖の先端と質量ある太軸がなすりつけられ、小春は喜びにうっとりとした呼吸を繰り返した。

「……ごめん。いくよ」

切羽詰まった顔をした維玖が、身体を伸ばして覆い被さると同時に、指を挿れていた部分から太いものをねじ込んでくる。

「あああっ」

一気に擦り上げられ、頭のてっぺんまで快感が走り抜ける。

「こんな狭い場所で、小春の濃厚な匂いに包まれていたら、理性が効かない。ああ、小春。舌も搦めよう。ねっとりと根元まで搦めて……」

縺れるように舌を絡ませ合う一方で、維玖は剛直を根元まで挿れると、ずんずんと奥を目がけて穿つ。欲しくてたまらなかった維玖の感触を得られて、小春の中は狂喜して維玖を締めつけた。

性急な舌使いと、激しい抽送。猛々しさを見せる維玖の〝男〟に歓喜する小春の身体は、維玖の動きに合わせて淫らに揺れた。

「あ、あああっ、維玖、維玖！」

「はは、どっち？　イク？　維玖？」

「維玖、維玖！」

なにを言われているのかわからず、小春は愛おしい名を呼び続けた。

間違いなく維玖の性技は上達した。

わずか数回、突かれるだけで肌は快感に粟立ち、子宮が下りてくる感覚になる。

もっと欲しい。もっと感じたい。

維玖だから得られる快楽に、身体の芯まで蕩けていく。

維玖の甘い香りは麻薬のようだ。理性もなにもかもが薄らいでいく。

ただ頭を占めるのは——。

「好き、好き……！」

維玖への愛情と、溶け合って消えてしまいたい刹那の衝動。

「俺も、ああ、小春。中がうねって……もっていかれる。小春……よすぎだ。たまらない……！」

小春が快感に流されて感じるほど、維玖は膨張して強靭さをみせた。

荒々しく擦り上げられ続け、押し寄せる快感の波は怒濤の勢いを増してくる。

否応なく果てに向けて押し上げられていく。

ふたりで吐き捨てるような喘ぎ声を響かせながらキスをし合い、舌を吸い合う。

「ああ、小春。イクよ、一緒に！」

上擦った維玖の声を合図に、がつんと最奥を貫かれた小春は、耐えていた荒波を押さえることができず、奔流の渦に巻き込まれて弾け飛んだ。

「あああああっ」

維玖はぶるりと震えて小春を受け止めた後、動物のような咆哮《ほうこう》を上げて剛直を急いで引き抜くと、小春の太股に熱い飛沫をかけた。

ふたり息を整えながら、見つめ合う。

熱を帯びた紫赤色の瞳。薄く開いた唇。

激しい欲情と熱情を伝える、男の顔――。

切ないくらいに愛おしくて、彼の背に回した手に力を込めてしまうと、維玖もぎゅっと小春を抱きしめ返して、何度も角度を変えてキスを交わし合った。

「朝もしたのに……またしちゃったね」

照れ臭そうに小春が言うと、維玖はすりすりと頬ずりをしながら答えた。

「熱愛中の新婚さんで、奥さんが魅力的すぎるからね。俺……こんなに発情の制御ができない男だと思わなかった。……きみが記憶を取り戻して、ふたり分で俺に応えてくれるのが嬉し過ぎて……ますますきみに溺れてる」

それは小春だって同じだ。

「愛してるよ」

優しく甘い眼差しに、心臓が痛いくらい早鐘を打っている。

「わたしも」

啄むだけのキスをされて、微笑まれる。

「今日休む？」

「会社に行く」

すると維玖は笑って額をこつんどくっつけて笑った。

「くそっ、落ちてくれなかったか。……わかった。じゃあ戻ろうか、東京に」

◇・＊・◇・＊・◇

車の中で、うつらうつらと眠ってしまっていたらしい。

目が覚めると車は、すでに東京に入っていた。

「ごめんなさい、眠ってた……」

「いいよ。着いたら起こそうと思っていた」

維玖は少しだけ冷房の温度を下げた。

「今度ゆっくり、熱海に温泉に来たいね」

「ああ、俺も思っていた。熱海で、もう少し上の山の方に『華宵亭《かしょうてい》』っていう旅館がある。人魚伝説があるという、著名人たちの隠れ宿だ。予約がとれたら、ゆっくりと泊まりにこようか」

「華宵亭って聞いたことがある。風流な大旦那がいるって……」

「そっちの興味はいらないよ。華宵亭のことを教えてくれたのは、今は亡き玖珂《くが》グループの会長さんだ。昔にパーティーで体調を悪くした時に俺が介抱したことがあって、それ以来なんだかんだと仲良くしてくれていてね」

さらりと言っているが、玖珂グループの会長はかなり大物のはずだ。

著名人が普通に取り囲んでいる維玖の環境は、多可子にとっては生唾ものだろう。

「椿《つばき》の花が大好きな会長で、親友がホテル経営をしているから一緒に泊まりにいこうとは言いづらくて、俺を誘ってきたんだ。俺はいつもの冗談だと思って、俺は愛する女性と行きますからと笑って返したのが最後だった。時折彼を思い出すよ。生前の彼と……葬式の時、遺影の前で立《た》ち竦《すく》んで、カツンカツンと杖《つえ》だけを鳴らしていた、彼の親友……後埜総帥の姿をね」

小春は思わず身を乗り出して運転席の維玖を見た。

「あ、後埜総帥？」

「うん。後埜ホテルの長。うちのグループもホテルを持っているけど、総帥はさすがホテル王と言われているだけあってやり手だし、俺たちも畏怖する存在だよ」

もしかして維玖は、後埜総帥のことを知っているかもしれない。

「あ、あのね、今手掛けている新規プロジェクト、〈繋ぐ〉をテーマに企画を……と言い出したのが総帥なの。今、彼のお眼鏡に適《かな》う企画を考え、寛人さんや澄香と対立したチームでやってる」

なぜ対立したのかを維玖に説明した。

「小山内は不必要な人間をまとめて踏み台にしようとしたのか。そこにきみも入れて」

口元は笑いを浮かべているが、その目には怒りがある。

「愚かだね。彼の仕事にとって、一番の理解者で協力者であるはずのきみを踏み台にするなら、彼はただの馬鹿だ。それがあの社長令嬢の入れ知恵だとすれば、彼女は間違いなく彼を破滅させる。今月末の結婚まで持つかどうか」

「そこまで⁉」

「ああ。その前に後埜総帥のミッションか。総帥が、テーマなどとヒントを出して企画を考えさせるなんて珍しいな。彼の噂《うわさ》は色々と耳に入ってくるけど、言わずとも察してテーマを考えて企画を作ってこい、というタイプだと思っていたけど」

「そうよね。わたしも多可子も、テーマを出したというところになにか意味があるのではないかと、色々と考えていたの。なぜ〈繋ぐ〉なのか。どんな企画を期待しているのか。でもさっぱりで」

「総帥は、プロが作った見栄えがいい企画を提案されても、そこに確かなコンセプトなり説得力なりがなければ、即座に却下する。相手が誰であってもね。逆に彼が認めれば、末永い付き合いになる。総帥は自分の目で納得しないと動かないんだ」

小春は多可子が作った、総帥の発注先のリストやその担当者たちを思い出した。

「経営者視点で言えば、一緒に仕事をするか決める時に、問題にしたいひとつはトラブルがあった時の素の対応だ。そこに人間性が表われる。誠意を感じられれば、相手が困った時には手を差し伸べても、パートナー関係を維持したくなる」

「誠意か……。多可子はこう言っていたわ。彼女、総帥に門前払いを食らったことがあって」

『前の時は、なんでもできると自惚れた私の高慢で大激怒させてしまって、なんでもできないことを思い知れと次回から会ってくれなくなった』

「はは、総帥らしいと思うよ。ただ残念だったのは、彼が会ってくれなかったと諦めたことかな。食らいついて、自分の変化を彼にわからせるように動いていたら、見込みある奴だと総帥も彼女を受け入れたかもしれない」

「……なるほどね。断られても何度も足を運ぶ……今の彼女のスタイルはまさにそれ。総帥との経緯で営業のスタイルを変えたみたいだけど、多可子、惜しかったのね……」

「総帥の突き放しも無駄ではなかったということだ。俺のところにも、大手と仕事ができれば出世できる……という利己的な思惑を明け透けにしてやってくる者は多いんだ。こちらの企業理念とか考え方に賛同して、是非一緒に仕事をしたいというのではなくて。そうしたことも調べずに、向こうの熱意だけを押しつけてくる」

維玖はため息をつきながらハンドルを切る。

「信頼関係もない状況で、一緒にやろうと思えないよ。本当に相手を落としたいなら相手のことを知るのが、パートナー関係を築くための基本中の基本。自分のことだけを理解しろと押しつけるのは高慢だ」

「……耳が痛いわ」

維玖は声をたてて笑った。

「総帥はきみたちより多くの人間を見てきている。そして質疑応答を禁止したり無理な注文をすることにより、そんな企画をきみたちがどう取り扱っていたかで相手の人間性を推し量っている。だとしたら次に、提出された〈繋ぐ〉企画で見たいのはなんだと思う？」

（うちの人間性ではないことは確かよね。仕事への情熱……でもないわね。情熱のない営業なんて門前払いでしょうし。だとしたら……）

「有名ホテル経営者が、イベント企画者から人と物、人と場所の繋ぎ方を教えてもらってもどうなのという気がする。そんなのは総帥の方が経験豊かだろうし。新たな提案を受けたいと思えるものがあれば……」

しかし答えが出てこない。

「ヒントは、総帥にとって自分でなんとかできない出来事はなんだったのかってこと。もっといえば……きっとこの企画は、小春向きだ」

（総帥の力をもってしても、なにもできない出来事。不条理なこととか……）

その時、天啓のように維玖の言葉が蘇《よみがえ》る。

『時折彼を思い出すよ。生前の彼と……葬式の時、遺影の前で立ち竦んで、カツンカツンと杖だけを鳴らしていた、彼の親友……後埜総帥の姿をね』

小春は、はたと思いついたものがあった。

「もしかして……〝逆〟？」

「多分ね。一筋縄ではいかない彼らしいよ」

維玖は笑った。

◇・＊・◇・＊・◇

「〝繋がない〟方法を考える？」

ミーティングルームで、多可子は驚いた声を出した。

「うん。人と人、人と場所、人と思い出……総帥はホテル業を通して、長年繋ぐ方法をたくさん見て考えてきたはずよ。その上で守りたいものがあるから、後埜ホテルは昔ながらの伝統にこだわり、それを誇りにして今日を迎えている」

「確かにそうね」

多可子は頷いた。

「だったら若輩であるわたしたちに、あえて考え方を聞かなくてもいいじゃない。わたしたちが総帥にアドバイスできるとすれば、後埜ホテルが目指してきたものと反対な現代風の……話題になるような華々しいやり方くらいだけど、それを保守的な考えを持つ総帥が求めていると思う？」

多可子は静かに首を横に振った。

「天邪鬼なところがあるあの総帥なら、額面通りには受け取れない。たとえ自分が言ったテーマに沿っていても、気に食わない提案を受けたら、誰にものを言っているのかと言い出しそう」

気難しい総師の性格を知る多可子は、ため息をつく。

「だよね。最悪、伝統を重んじる総師の理念を全否定していると受け取って、怒ったり失望したりして、見限りそうな気がする。だから総師が知りたいのは、彼がよく知る〈繋ぐ〉ものではなく、逆ではないかと思って」

多可子は難しい顔をして考え込み、そしてぼやく。

「だけど、繋がない方法って……」

「いっくんの話では、総師は親友を亡くしたらしいの。遺影の前で長く佇んでいたとか。無言のまま杖を鳴らしていたと聞いたわ。親友に言いたかった言葉を、呑み込んでいたんじゃないのかしら。永遠に言えない言葉を、今もきっと……総師は抱えて引き擦っている」

『きっとこの企画は、小春向きだ』

諦めるなと維玖に言ってきた小春だからわかるというのなら。

(わたしは諦めないといけない状況だったから、彼に諦めるなと言っていた)

これは——AでもありBでもあるという、一件矛盾した〝逆説〟だ。

「悲しみを忘れさせるための提案?」

多可子の言葉に、小春は緩やかに首を横に振る。

「思い出なんだから忘れさせたらだめよ。繋がないことと、強制的に断ち切ることは違う。言うなれば……もう繋がれないことを自覚させつつ、前を向かせる方法。忘れなくてはいけないと諦めずにすむ方法……とも言える」

「思い出の処理の仕方……」

「うん。それをホテルに結びつけて考えてみようよ。ホテル利用をすることで思い出は作れるし、逆に思い出と決別したいため、あるいは思い出を偲《しの》んでホテルを利用することもある。ホテルの意義はそうでなければいけないという一義性のものではなく」

「二律背反、あるいはそれ以上の……多義性に溢れている、か」

「そう。だから〈繋ぐ〉だけを考えてはだめな気がするの。うちは企画したイベントを通して、クライアントを満足させる手伝いをしている。総帥にテーマを出されなくても、元々〈繋ぐ〉ためのコーディネイトをしているのよ」

するとＯ可子が、小春の意図を察して続けた。

「誰もが考えるような、無難なものなど求められていない。そこから先にあるものを求められ、テストをされている可能性あり、か」

小春は頷いた。

「ＯＫ、小春。その線でまとめてみよう。だけど、よく発想を転換したね。逆説……テーマの裏でまとめようとするなんて」

「いっくんのヒントなんだ。彼がカウンセラーをしていたこともそうだけど、相手の立場になって見てみようとする能力が長《た》けているのかもしれないわ。逆にわたしはそこが未熟だったから、いっくんに指摘されないと辿り着けなかったのかも」

「若宮家の御曹司は、兄も弟もやり手で有名で畏怖されている存在だからね。私もまだまだ未熟だな、小春よりも総師のことをもっと理解していてもいいはずなのに。このプロジェクト終わったら、いっくんに営業かけようと思っていたけど、もう少し攻略方法を考えてからにするわ」

（いっくん、本当にうちの上司に欲しいよ……）

「……さて、我が社一の辣腕として名高いあの小山内部長はどうだろうね。いっくんと同じ結論に到達しているのか」

小春は引き攣った顔で首を傾げた。

「……正直、無理だと思う。彼ならきっと、華々しい〈繋ぐ〉イベントを提案して、後埜ホテルのイメージを変えましょう……くらい言いそう」

多可子は同感だと頷いた。

「自分に酔いしれながら言いそうだよね。変化を求めている相手にはいいけど、変化を断固拒否する後埜総師はアウト。だったら余計、うちらは逆張り案でいこう。私たちを踏み台にしようと軽んじた奴らに、最後は高笑いしてやろう！」

小春は多可子とハイタッチをしながら、企画案を具体的に練り始めた。

◇・＊・◇・＊・◇

それから数日が経った。

あじさいツアーは明日本番となり、後埜総帥にプレゼンする企画はあと五日に迫る。

その次の週の土曜日は、寛人と澄香が結婚する予定だ。

(なんだか、わたしといっくんの結婚から始まった今月は、怒濤のように過ぎている気がする)

やるべき仕事は山のようにある。

多忙さに流されず、主体性を持って仕事に取り組もうと、小春は決意を新たにした。

そんな時、近くの女子社員からひそひそ声が聞こえた。

「ねぇ、また簗山さん……小山内部長のところでいちゃいちゃしてる」

「結婚が近いからって、勤務中にあれはないわよね。浮ついているのか、仕事もミスの連発。こっちが尻拭いしなくちゃいけないのに、本人悪びれた様子もないし言い訳ばかり」

「知ってる？　課長が彼女に注意をしたら、裏で課長……部長に怒られたみたいよ」

「なんだか、小山内部長も残念な部分が目立つようになったわよね」

「本当に。最近、得意先からも、部長にクレームの電話が多くかかってくると聞いたわ」

噂のどこまでが真実かはわからないが、澄香の仕事に取り組む姿勢が雑になったのは確かだ。

今も見せつけるように、寛人の席で媚びた声を出している。

仕事をする気がないのなら、さっさと寿退社をしてほしいが、結婚後も働くつもりらしい。

(あじさいツアーが不安だわ……)

先日澄香にきちんと説明して、マニュアルも渡したけれど、本当にそれを読み込んでイベントのために働いてくれるだろうか。

あからさまに向けられる反意の視線を思い出すと、頭が痛くなってくる。

(働いてくれるかどうかを心配される社員って、澄香くらいしかいないわよね)

社長令嬢マジックだ。

唯我独尊、肩書きだけでまかり通る。

ただし、彼女の父親が社長をしているこの会社限定だ。

これだけ澄香がべったりだったら、寛人はいつ仕事をしているのだろう。同棲していると別の噂で聞いたが、こんな様子では家で起案をまとめることもできなさそうだ。

しかしそれはもう、小春が心配することではない。

(さ、わたしは自分の仕事、仕事……)

終業時刻になると、澄香は化粧をきっちりとし直した顔で微笑み、また寛人の席に行く。

帰ろうと寛人を誘っているようだが、彼は珍しく渋っているようだ。

「この前見た、チャネルの最新バッグを買ってくれたら、許してあげる」

「まさか三百万の……」

「そう。あれを愛する婚約者にプレゼントしてくれるか、今すぐ帰るか。どっちかにしてね」

(澄香、わたしをちらちら見ているから、それも当てつけなんだろうけど、三百万のバッグ！

そんなのリアルでねだっている女、初めて見たわ。私のバッグなんて、三万もしないんだけど。

しかも七割引の大特価で買ったものなんだけど)

澄香とは価値観がまったく違う。羨ましいでしょうと言いたいのだろうが、羨ましいと思うどころか、そんなものを男にねだる神経に鳥肌が立ってしまう。

（きっと言われるがまま、今までも格好つけてぽんぽんとプレゼントしていたんだろうけれど、よくお金があるわよね。わたしにお金をかけなかったんだから、貯金を切り崩しているのかも）

「なあ、澄香。仕事がたまっているから、残業したいんだ……」

「仕事がたまってる？　寛人さんは仕事がデキる男なんでしょう？」

聞きたくもないのに耳に入ってしまう。

「前はいつも定時で私と帰ってデートしてたじゃない。私と結婚したくないの？」

定時で帰れたのは、小春がふたりの関係を知らずに寛人の仕事を手伝っていたからだ。

距離を置こうと言われてからの三ヶ月間も、どんなに小春の仕事が大変でも進んで手伝いをしていた。それが恋人の役目であり、愛情の証明だと思っていたからだ。

しかし澄香はそうではなく、金品で愛の証明を求めているようだ。

（勝手にどうぞ。さ、わたしはちょっと多可子のところに行って……）

書類を印刷してホッチキスで留めると、営業室へ向かった。

◇・＊・◇・＊・◇

ルミエール・マリアージュ本社、副社長室――。

維玖が結婚カウンセラーとして、系列の婚活サロンに降り立つのは、一日四時間、週三回のみ。それ以外は本社で副社長として経営側の仕事をしている。

維玖が執務机で仕事をしていると、内線が鳴った。

役員秘書のひとりからだった。

〈副社長、今……奥様のご親友という女性が受付にいらっしゃいまして、副社長に内々でお話があると。至急のご用件のようですが、お通しした方がよろしいでしょうか〉

維玖はひとりの女性を思い浮かべた。

小春の親友という肩書きで、アポも取らずに乗り込んで来そうな非常識な女性など〝彼女〟しかいない。

維玖は冷ややかな顔になると、連れてくるようにと指示をした。

それから間もなくしてノックの音が響く。ドアを開けた秘書が優雅に頭を下げて、ひとりの女性を室内に入れると、秘書は一礼して退室した。

「あなたが、小春の親友だったとは初耳ですが」

維玖の予想通り、その女性は――澄香だった。

澄香に応接ソファに座るよう促し、維玖はその向かい側に座る。

「だって、電話をしても繋いでくれなくなったから、来るしかないじゃないですか。ねぇ、維玖さん、隣に座ってもいい？」

澄香の媚びた目と口調。強い拒絶感に襲われ、維玖の全身に鳥肌が立つ。

「私の隣は妻しか座ることはできません。あなたはただの知人の娘というだけの関係性ですので、私のことは名前ではお呼びにならず、お向かいに。それがいやならお帰りを。おひとりで帰れないようでしたら、警備員を呼びますが」

「やーん。そんなに冷たいことを怖い顔をして言わないでぇ！　もしかして私が妻になるかもしれないのに」

「なぜあなたを妻に？　俺は小春という妻がいる」

「だって成り行きの偽装でしょう？　あなたみたいなハイスペック御曹司が、チーフみたいな女に満足できるはずないじゃないですか。やっぱり抱き心地がいい女性に、自分の子供を生んでもらいたいでしょう？　離婚するのはいつ？　一年後とか？」

いまだ偽装だと信じている、この思い込みの強さに頭が痛くなった。

「私ねぇ、実はあなたの方がタイプなの」

さらにこの……ねっとりとした媚びに吐き気がしてくる。

「もう、チーフには飽きてきた頃ですよねぇ？　抱き心地いい身体をしているわけでもないし、感度がいいわけでもない。さらに醜い傷があるとか。その点、私はたくさんの男性たちからいい身体だと大絶賛されて……」

「そうやって部長を誘惑して落としたわけですか。ビッチ宣言は慎んだ方がよろしいですよ。それを聞いて喜ぶ男は、遊び人だけですから」

維玖の眉間に、嫌悪の縦皺《たてじわ》が刻まれている。

それを見ているのか見えていないのか、澄香の猫撫《ねこな》で声が続いた。

「澄香、ビッチじゃないし。周囲が澄香を取り合って、愛してくれるだけだもん。まずは身体の相性を確かめてから今後のことを考えませんか？」

胸の谷間を強調したポーズを取る澄香にうんざりしつつ、維玖は苦笑した。

自分も小春へ、離婚条件にと身体の相性を口にしたことを思い出したからだ。

あの時小春は、こんな嫌厭《けんえん》の情を抱いたのだろうか。

小春には傷を始めとして胸にコンプレックスがあったようだから、応じることで維玖を諦めさせようとしていたが、逆効果もいいところだった。

「申し訳ないですが、私は……成り上がり願望があるあなたの取り巻きたちのように、あなたの機嫌取りに徹してまで欲しいものはありません。自分で手に入れますし、自分で買えますので」

「な……」

「私とあなたの立場は同等ではないことを、いまだおわかりいただけなくて残念です。私はツキヤマツーリストを潰したり社長を挿《す》げ替《か》えたりすることはできますが、あなたはルミエール・マリアージュに手出しはできない。たとえお父上の力を借りようとも。あなたをここに通したのは最終宣告をするためです。二度とここに来るなと」

澄香はわなわなと震えている。

「な、なによ。そんな脅しに屈しないんだから」

「話を理解できませんかね。まあ、理解力がないから、我が物顔でここに来るんでしょうけど。

私はあなたと親しくするつもりも、親しくなったつもりもない。ましてや妻を侮辱することは、妻を心から愛する私を侮辱したも同じ。これ以上続けるのなら、法的措置も考えます」

「ほ、法的って……こんな程度のことで」

「本当に〝こんな程度のこと〟だと思いますか？」

そして――。

「俺を侮るな」

維玖が素を出して目に力を入れて凄むと、澄香は怯《おび》えた顔をした。

「お前が小山内寛人を寝取ったのは、気に食わない小春を蹴落とすためだろう。だけど結婚前にして、小山内寛人がお前をお姫様のように扱わなくなったから、俺のところに来たんじゃないのか？　彼のように媚びた目をしてその気があるふりをすれば、ころりと落ちると思って」

維玖は鼻で笑う。

「あの男がお前に魅力を感じたとすれば、社長令嬢の肩書きだけだ。お前自身に魅力を感じていないから、お前の我儘《わがまま》に辟易《へきえき》して飽きてしまえば、お前と奴との関係は奴と小春との関係よりもすぐに消える」

「そ、そんなことないもん！　彼は欲しいもの買ってくれるし！」

「それが愛の証明と考えているなら、哀れなものだ。だったらどうして俺のところに来た？」

「わ、私……。大体、維玖さんは……」

維玖がぎろりと睨むため、澄香は「若宮さん」と言い直した。

「チーフより私の方に満足できると思うんですよ。見栄えもいいし、セックスだって」

維玖は嫌悪に満ちたため息をついた。

「俺はお前と価値観がまったく違う。俺は小春に欲情するが、お前には一切無反応だ。まるでそそられる要素がない。一ミリも」

「な、なんですって⁉」

プライドを傷つけられた澄香が、顔を真っ赤にさせて怒る。

それを冷ややかに受け流して、維玖は続けた。

「それと俺の愛の証明は、パートナーに金品を買い与えることじゃない。小春はお前のように、ぎらぎらのブランド品で身を固めているか？」

「そ、それは……」

「そりゃあ小春がねだればなんでも買ってやりたいが、彼女はそんな女じゃない。挙式用の指輪だってウェディングドレスだって、俺が無理矢理に買ったものだ。小春なら、彼女だけではなく俺も一緒に楽しめるものに金を使えと言うだろう」

「だったら身分相応の相手を見つければいいじゃない。なにを言っても、彼女が御曹司と結婚したのは違和感ありすぎ、無理ありすぎ。彼女でもいけるのに、なんで私がだめなのよ！」

「そうとしか思えないことが、俺がお前を絶対に選ぶことがない根拠のひとつだ。それと俺と小春が結婚したのはお前への当てつけじゃない。俺と小春は元々同級生で、初恋の相思相愛だった」

「え……その場限りの関係ではなく、初恋同士……？」

「そうだ。彼女は昔と同じく、俺を御曹司としてではなく、ひとりの等身大の男として愛してくれている。俺たちの間には身分や肩書きなんてない。対価を求めず素のままで愛し合っている」

「……っ」

「それと小春にある傷だが、あれは昔、彼女が俺を助けるためについたものだ。生死を彷徨《さまよ》うくらいの重傷だった。なんのマイナス要素にもならない」

澄香の表情が瓦解している。

彼女にとって強みだと思っていたものが、維玖に否定されているのだから。

「小山内寛人は手のひらで転がすことができても、俺は転がらない。お前にまったく魅力を感じないから、絶対にお前に靡《なび》くことなく、そして小春と離婚することは百パーセントありえないと断言する」

あまりにきっぱりとした拒絶に、澄香は悔しさを顔に滲ませて唇を噛んだ。

「不可能な夢に浸る暇があるのなら、小山内寛人を借金地獄から救い、仕事でも助けになれるよう精進してみろ。そうすれば結婚前の破談は免《まぬが》れるかもしれないから」

「な、なによ。知ったような口を利かないでよ。あなたほどでないかもしれないけど、寛人さんは名家の息子でお金持ちよ。澄香を愛してるからプレゼントしてくれているんだもの。愛を確かめるためにおねだりすることのなにがいけないの？　彼が貧乏人みたいに言わないでよ」

維玖はこめかみに指を置いて深呼吸した。

「話が通じないな。これは小春も大変だ」

「なによ、小春小春って。あなたとチーフを別れさせることくらい、私にだってできるんだから。なめないでよ！」

そう言うと、澄香は自分で彼女のブラウスの前合わせを力任せに開いた。

ボタンが飛び散りブラが覗《のぞ》くと、澄香はにやりと笑って声を張り上げた。

「きゃあああ、助けて。若宮さんが私を……やめて、私は婚約者がいるのに！」

しかし維玖は動じない。冷ややかに澄香を見ているだけだ。

むろん、彼女のはだけた姿に欲情している形跡もない。

その余裕と、誰も駆けつける気配がないことに澄香は首を捻った。

周囲に聞こえていないのかと思ったらしい。

再度嗄《か》れんばかりの大声を上げて、悲劇のヒロインを演じた。

「きゃあああ、助けてぇぇ！　若宮さん、やめてぇぇ！」

しかしやはり、維玖も外部からも動きがない。

澄香は眉間に皺を寄せて、動きを止めた。

「どうした？　思う存分やっていいぞ」

「なんで……駆けつけてこないの、誰も」

「この部屋は防音になっているから、頭がおかしい女が騒いでも周囲に音が漏れない」

「防音……。頭がおかしいってなによ!?」

それには答えず、維玖は部屋の一点を指さした。

「そうした自作自演の証拠を撮っているカメラが、あそこ。他にもあそこ、そしてあそこ……合計三台が角度を変えて撮影している。お前がどんなに騒いでも、カメラが証拠になる。つまり、お前のしていることは無駄だということだ」

「そ、そんな……」

「この手の女は結構いてな。仮に外に漏れても社員もまるで動じないし、俺が合図の連絡をするまで動くなと言っている。状況がわかったのなら、もう帰ってくれ」

「え……帰れって、この格好で!?」

「ここは服屋じゃない。自分で破いたんだから、そのまま帰れ。俺が面倒を見る筋合いはない」

「そんな……冷たすぎやしませんかあ？　ちょっとだけ触らせてあげてもいいから」

すると維玖は、身体を捻って内線をかけた。

「すまないが、警備員を寄越してくれ。イカれた女が手に負えない」

「はい!?　イカれた女って澄香のこと!?」

一分もしないうちにふたりの警備員が走ってやってくると、澄香の腕を一本ずつ持ってずるずると引き擦って部屋から出した。

「ちょっと待ってよ。なによこの仕打ち。若宮さん、あなたの上着くらい寄越しなさいよ。こんな格好で外に出られるわけないでしょう!?　レディに優しく……」

「レディならな。それでは……さようなら。二度と来るな」

維玖は涼やかな笑みを見せて、強制退出させられる澄香に手を振って撃退してみせた直後、重々しいドアが音をたてて閉まった。

「なんなんだ、あの女……。自虐趣味がある発情期のメスザルか」

そんな維玖の呆れ返った声は、外に漏れることはなかった。


それより少し前――。

多可子が緊急の営業会議に招集されたため、小春はフロアに戻った。

とうに澄香と寛人の姿は消えていると思っていたが、珍しく寛人が残業している。

三百万の散財をしても残業をしなければいけないほど、仕事が溜《た》まっていたのだろうか。

可哀想だから手伝ってあげたいという気持ちにはなれなかった。

（維玖が迎えにくる七時まであと少し。それまで自分の仕事をしていよう）

六時半を過ぎると、他に残業していた社員が帰宅をし始めたため、フロアでは寛人とふたりきりになってしまった。

さすがにふたりきりはきついため、自分も帰ろうと身支度をしていたが、気づいたら背後に立っていた寛人に声をかけられた。

「あのさ、俺の手が回らないいんだ」

（突然、なに？）

「打ち合わせから帰っても事務処理は増える一方だ。澄香が邪魔して残業はできないし、家に持ち帰ったりすることもできない。澄香は手伝う気がまったくなくわがままばかりで、俺の金を派手に使って愛を推し量る。はぁ……社長令嬢で身ごもってなければ、別れたいよ……」

(わたしに愚痴られても……)

「なんとか日中仕上げて先方に送っても、作りが杜撰《ずさん》で読みにくいとクレームが入り、わかりやすい書類を作ってくれと差し戻される。仕事が山積み状態なのに、至るところから書類はまだなのかと急《せ》かされる」

寛人は事務処理が苦手だ。だから作るのにも時間がかかるのだろう。

「その上に、新規プロジェクトも始まって、正直、あの人数をまとめて、頑固じいさんを喜ばせるために割く時間はないんだよ。なのにお前は、俺がやりにくい奴を引き取ってくれなかったし。今から憂鬱だよ」

(それ、わたしのせい?)

小春の「それは大変だから手伝います」という自発的な言葉でも期待していたらしい寛人は、小春が複雑そうな顔で黙っているのを見て、苛《いら》ついたようだ。

「あのさ、別に俺とお前が別れて、俺たちが誰と結婚しようが、今まで通り俺の手伝いはできるわけじゃないか。それなのになんで他人顔?」

(……は?)

「他人顔って……別れたのに今まで通りの個人的なサポートを受けられると思われていたのが

意外で。頭の切れる部長なら、それくらいおわかりかと……」

皮肉交じりだが、素直な言葉だった。

「個人的なサポートと言っても、俺とお前は上司と部下の関係だろう？　上司の仕事を手伝うのが部下の役目だろう」

「確かに部下ですが……正式に命じられた仕事でもないですし」

「だから！　なんでそんなに他人行儀になるんだよ。お前いつも、俺がなにも言わずとも察してさっと動いて仕事をしてくれていたじゃないか」

「それは個人的にお付き合いをしていたからです。今はそうした関係は終わったのだから、ただの部下にそこまで求められても困ります。それを求められるのなら、全体会議の時でもそう言って、わたしを含めた部下たちを指導していただかないと」

小春はイライラしながら答えた。

「そんなことしたら、俺が無能だから皆に手伝ってくれと頼んでいるようなもんじゃないか」

「それが嫌なら、残業するなり休日出勤するなり、仕事を持ち帰るなりして仕事をすればいいだけじゃないですか」

「だから！　澄香がいるからできないんだって」

「結婚されている皆さんだって、仕事をこなしているんです。わたしもです」

「お前と俺を同じにするな、仕事量も責任も違うんだから。俺はこれから社長になる男だぞ」

熱く威張られると、小春は逆に冷ややかになって距離を取りたくなる。

「それはよかったですね。わたし、予定がありますのでこれで」

「小春！」

出て行こうとした小春は腕を掴まれ、思わず叫んで寛人を突き飛ばした。

「触らないで！」

「なにイライラしてるんだよ。お前らしくないぞ？」

「わたしらしいってなに？」

カッとしてしまった小春は寛人を睨みつけた。

「あなたのために動き、あなたのために素の自分を出せないわたしのこと？」

寛人は小春の抗いに、少したじろいだような顔をする。

それに構わず、小春は続けた。

「少し解放感を味わってくつろいでいたら、オフでもバッチリフルメイクのデキる女じゃないと嫌がられ、昔に負った胸の傷は気味悪いと避けられ……。その挙げ句に浮気されて他の女を妊娠させ結婚する……そんな最低最悪の男のために、今も都合のいい女として尽くせと？」

「おいおい、小春」

「あなたがわたしを切り捨てた時、仕事での個人的なサポートは強制終了しました。わたしの手が必要ならば、澄香も皆もいる場所で堂々と仕事の依頼をしてきてください。わたしにもわたしの仕事があり、暇ではないんです」

「たかがしれているだろう。はぁ……なんでお前、変わってしまったかな。前のお前はもっと健気で、俺の役に立とうとしていたじゃないか」

そういう男だったのだ、寛人は。それに気づかなかっただけの話。

「お前が澄香や俺にマウント取って傷つけたことや、御曹司の傲慢な態度は水に流してやるから、また仲良くしようぜ。お前は特別に、また俺の元で色々と学ばせてやるから、今まで通り、俺の手伝いをしてくれよ。な？」

これは……『妥協して優しくしてやっている俺様、最高！』なのだろうか。

「俺に抱かれたいのなら、澄香が見てないところでなら抱いてやってもいい。お前、あの御曹司に満足できないんだろう？　俺の味を知った女は皆、未練を……」

「悪いけどわたし今、あなたでは知り得なかった官能世界を、彼に拓《ひら》いてもらって……こんなに気持ちよく満たされた世界があるのかって、驚いて夢中になっているところなの」

「……は!?」

「セックスのテクニックも自分が最高だと自惚れない方がいいわよ。上には上がいる。あんな程度で自慢されるのは、聞いていて痛々しくてたまらないから」

寛人の顔が気色ばむ。

「気をつけてね、澄香……経験豊富そうだから。あなたのお金がなくなったら、澄香を引き留められるのは子供だけ。生まれてくるまでの数ヶ月、澄香を満足させられるように頑張って。あ、そうしたらまた仕事が溜まる一方だから、事務処理も頑張って。デキない男だったら、澄香に愛想尽かされて降格されちゃうかもしれないわ」

「小春、お前……！」

小春はキッと寛人を睨みつける。

「これがわたしよ。わたしはあなたには素を出せなかったけれど、維玖には素を見せている。わたしの素を愛してくれる。もうわたしとあなたの縁は終わったの。わたしはあなたに未練なんてない。わたしを必要とする時は、上司としての筋を通してから正式に命じてください」

「ちょっと待てって。なにトゲトゲしているんだよ。可愛くないぞ？」

「可愛くなくて結構です。もう一度言います。今までのサポートはわたしが個人的にしてきたこと。わたしはもうお手伝いをする気はないので、公に行動できないというのなら、あなたの結婚相手に頼むか、別の人材を育ててください」

さらに付け加えるのを忘れない。

「それとさっき、わたしや維玖の態度を水に流すと言われましたが、対岸にいるわたしたちとあなたたちとの間にはなにも流れてもいません」

寛人は目を細めた。小春の家の前で待ち伏せしていた時よりも、小春の態度が冷ややかに硬化していることを悟ったのだろう。

感じているはずだ。小春の全身から漂う拒絶を。

「なんだよ、もしかしてセレブと結婚したからと、自分もセレブ気取りで俺を見下しているとか？」

手を掴まれた瞬間、鳥肌だけではなく蕁《じん》麻《ま》疹《しん》までぶわっと出てきた。

「うわ、お前、性病でももらってきたのかよ」

もしこれが維玖だったら、そんな表現はでない。

胸の傷に口づけてくれた彼なら、体調が悪いのではないかと心配してくれるだろう。

本当に性病でも爛《ただ》れていても、維玖ならいやがらない。

寛人が口にする〝可愛い〟に、かつては女と意識してもらえたようで喜んだけれど、彼の言うことをきく都合のいい女のことを示していたのだと、今ならわかる。

〝待て〟〝伏せ〟……言われた命令に従うと褒められる、愛玩ペットと同じ。

だけど維玖は――なんの打算もなく、接してくれた。

「もうよろしいでしょうか、わたしは帰りますので」

今度寛人は凄んできた。

「お前、俺に刃向かったらどうなるのかわかっているのか？　後埜総帥のプロジェクトでお前を打ちのめして、理由をつけてお前に二度と企画をさせられなくすることもできるんだぞ」

小春は軽蔑の意味を込めて、満面の笑みで言った。

「では小山内部長、お話は終わったようですのでこれにて。お疲れ様でした」

「小春！」

小春は寛人を振り切って立ち去った。

寛人がアパートに来た時は涙が止まらなかった。

だが今はもう、涙も出てこない。

寛人のことは完全に過去になったのだ。
そして今、未来にいるのは――。
(会いたい、早く……維玖に！)
大好きな夫に会いたい――ただその一心で、小春の足取りは軽やかだった。
維玖がいればなにも変わることがない。
安心して、前に進んでいける――。
危険を孕んだ鈍色の雲が広がっていることに、心乱されることなく。

第六章

「は？　どういうこと!?」

異変が起きたのは、翌日のあじさいツアーだ。

集合場所は東京駅前。

時間になったのに、参加予定の五十名の外国人も、都のボランティア協会に派遣依頼したガイド役の女性も五人の通訳者も現れないのだ。

集っているのは、サポート役のツキヤマツーリストの社員たちしかいない。

小春と、ふたりの男性部下……小山《こやま》と大村《おおむら》という名前の通りの身長差ある凸凹コンビと、白いワンピースにピンヒールという場違いな格好でやって来た澄香の四人だけだ。

まず小春は、外人客を連れてくる予定のガイドツアーの携帯に電話をかけた。

〈え、一ノ瀬さんからあじさいツアーの正式なキャンセルが入ったと弊社より連絡を受けたので、今日一日自由行動してくださいと、皆さんにお伝えしましたが〉

「キャンセルなんてしていません！　今も現場で待機しています」

〈そんな……。大至急確認を……〉

「わたしから直接聞いてみますので」

狼狽《ろうばい》した声を響かせる電話を切り、旅行会社に電話をかけた。

ツキヤマツーリストの提携先であるこの旅行会社は、海外の団体客に強い。今回は、日本に一週間滞在予定の大型ツアーの一部にイベントを組み込ませてもらったのだ。

だがガイドツアーの言う通り、小春を騙るツキヤマツーリストからのキャンセル指示が入り、それは記録として残っているという。

小春は続けて、団体客が泊まっている——後埜ホテルに電話をしてみたが、外国人客は早朝から各々好きな場所に向かったらしい。

そんな時、ボランティア協会に電話した小山が言った。

「チーフ。ボランティア協会に、うちからキャンセルの電話が入ったから派遣は中止したと言われました。手違いだからと再派遣を交渉したのですが、手配したガイド役も通訳者もすでに別のところへ行ってしまい、今日派遣できる人材はいないと……」

客もいない、ガイドもいない。

つまり、小春が企画したイベントは潰れたのだ。

ツキヤマツーリストからのキャンセル指示は、どれも責任者の『一ノ瀬』の名前でなされたと言われ、ツアーができなくなった責任だけが小春にのしかかっている。

しかし今、自分の進退のことなど、小春は気にしていなかった。

このイベントは地域復興支援を兼ねている。独自の伝統技術や、古くから残る歴史遺産を海外にも届けたいと願う、地元住人や職人たちがこの日のために色々と準備をして彼らなりの催しを考えてくれているのだ。

どうかキャンセルの連絡が入っているようにと願い連絡をすると、今度はどこにもキャンセルの連絡がなく、海外客の到着を今か今かと待ち侘《まわ》びていた状況だったのだ。

「あ〜あ。これって……チーフのミスですよね」

澄香が冷たく言い放つ。

「……事前に各所に確認連絡いれていればよかったのに、それをしていなかった。これなら誰かがチーフを騙ってイベントを潰そうとしたと考えるより、チーフ自身がイベントを潰そうとキャンセルしていたから確認を怠ったって考えるのが一番しっくり来るんですけど、皆さん、どう思いますか？」

ふたりの部下はなにも言えない。

そしてこの件は、澄香の言う通りだ。

誰かが暗躍していたにしろ、直前に確認の電話はしなかった。すべきだったのだ。なにかあれば電話をしてくるだろうと受け身にならず。

「これ、お父さんに報告させてもらいますね。だって……東京で地域活性化を願う人たちの期待を裏切ったんだから。今後東京でイベントしたくても、協力してくれなくなっちゃうかもしれないし」

ぽつり、ぽつりと雨が降る。

このイベントは雨天の場合は中止だった。

だがそんなのは結果の話。

(わたしが自分でイベントを……職人さんたちの想いを潰してしまった)

痛恨の極みだ。

「皆さん、帰りましょう。濡れちゃうから。それでは……お疲れ様でした！」

最後に鼻で笑う澄香の表情に気づくことなく、小春は拳にした手を震わせた。


冷たい雨が激しさを増した。

遠くで雷鳴が轟《とどろ》く悪天候の中、小春は傘もささずに東京を走り回った。

雷が怖いなどと言っていられない。

震える身体を叱咤し、挫《くじ》けそうになる自分に気合いを入れる。

「大変申し訳ありませんでした」

小春は体験型イベントの準備をして待っていてくれていた職人や商店街を周り、泣きながら頭を下げた。

すべては自分の責任で、自分が確認を怠ったからだと。

一ヶ月の間、海外客を喜ばせようと色々と企画してくれたのに、それを無に帰してしまったのは自分なのだと。

皆の想いを知っていながら、海外客に伝えて繋げることができなくて申し訳なかったと。

頭の中に、澄香の嘲りが反響する。

『東京で地域活性化を願う人たちの期待を裏切ったんだから』

走馬灯のように、今日に至るまでのことが脳裏に流れた。

企画を持ちかけた時は乗り気ではなかった人たちが、何度も話をするうちに、東京のために日本のためにと重い腰を上げてくれた。

たくさんの話し合いを重ね、最後にはどうすれば海外客に喜んでもらえるか、どうすれば伝統芸の素晴らしさに驚いてもらえるか——懸命に考える皆の声を反映させて作り上げた企画だった。

『当日、頼むよ、一ノ瀬さん』

『イベント、絶対成功させましょうね』

信頼を寄せてくれていたというのに、悔しくてたまらない。

最後の最後で、自分は彼らの期待を裏切ってしまったのだ。

いっそ激しく罵ってくれればよかったのに、彼らは小春を責めなかった。

それどころかずぶ濡れで泣いて謝る小春を労《ねぎら》ってくれた。

どこまでも優しい人たちだった。

それが……苦しい。

(ごめんなさい、ごめんなさい……)

どしゃぶりの中、通りの真ん中で足が震えて力が入らず、小春は蹲《うずくま》った。

声にならない泣き声が雨音に掻《か》き消《け》された時、小春の前に人影が立った。

それは——。

「小春！　ああ、こんなにずぶ濡れになって冷え切って！」

維玖だった。

手にしていた大きなタオルで小春を包むと、軒下に移動した。

「いっくん、なんでここに……」

「木南さんから連絡を貰ったんだ」

「多可子が？　なぜ……」

維玖曰く、外出していた多可子は偶然、小春を追いかけ損なっておろおろしていた小山と大村と会って、事情を聞いたらしい。小春の危機的心境を察知して、維玖に連絡してきたのだとか。

「木南さんの予測通りだ。こんなになるまで無理するなんて……」

維玖が悲しげに目を細めた。

「無理じゃないの。謝らなきゃ……まだすべてを回り切れてない」

小春がポケットから、関係者の所在地が書かれている紙を取り出した。

しわしわになったそれは、雨に濡れてもう字が読めない。

「今、きみの部下たちが手分けして、残りのところに謝罪しに行っている。キャンセルになった件は、自分たちにも責任があると、彼らは自発的に動いているんだ。木南さんもフォローに動いてくれているから、大丈夫。きみは少し休め」

「……でも、いっくん……わたし……」

目がじんわりと熱くなり、涙が溢れる。

「わたし……取り返しのつかないことをして、イベントを潰してしまったの」

「……うん」

「わたしがもっとちゃんと確認していたら、免れたものだった。お客様だって日本を知れると楽しみにしてくれていたのに、海外に培ってきた伝統や歴史を伝えたいという地域の皆さんたちの想いを踏みにじった。わたしは……ふたつを繋ぐことができなかった」

「……うん」

「この企画にたくさんの人が動いてくれたのに。わたし……何度も下町に足を運んで、伝えたいという彼らの熱と笑顔を見てきたの。このイベントをきっかけに、海外にこの技術が紹介されたら嬉しいと、最初は無愛想だった職人さんがそう照れながら想いを語ってくれたのに」

「うん……」

「わたしを信じてくれたのに。一緒に頑張ってくれた人々なのに。海外客の皆さんだって楽しみにしていてくれただろうに。……悔しいよ。自分の無力さが恨めしいよ」

小春は維玖の腕を掴んで泣いた。

「ああ……うあああああ！」

どこか遠くで雷が鳴った。

しかし小春の号泣が、雷鳴を掻き消す。

「……小春。きみが一番したいことはなに？　きみを嵌めた奴を探して断罪する？　キャンセルを取り消して何事もなかったようにイベントを実行すること？　きみが会社の中で立場が悪くならないようにすること？」

小春は即答した。

「わたしがしたいのは……日本を知りたい外国からのお客様と、日本を紹介したい地域の方々とを繋ぐこと。わたしがどうなろうとも構わない」

「そう。だったら……諦めるのは早くないか？」

「え？」

「二日間の予定のうち、まだ一日しか経過していない」

小春の目が見開いた。

「外国人客はどこで観光しようと必ずホテルに戻ってくる。ホテルはどこ？」

「後埜ホテル……」

維玖は笑みをこぼした。

「はは、いいじゃないか。日本の伝統を守る老舗のホテルだ。それに伝統芸や地域の催しは今日でなければ伝えることができないわけじゃない。きみと同じように東京を駆け回り、きみに指示もされていないのに自発的に頭を下げてくれている仲間もいる」

維玖が言わんとしているところがわかり、小春の頭の中にビジョンができる。

「東京の歴史を語るのはガイドでなければいけないかい？　通訳はそのボランティアしかできないかい？　英語とフランス語、ドイツ語あたりなら俺も話せる。ルミエール・マリアージュでも国際結婚に対応していて、多言語を話せるスタッフを揃えている」

小春の顔に活気に満ちる。

「きみはまだ、ベストを尽くせていない。きみが会社での立場を気にせず、あくまでクライアントの満足度だけを優先しようとするのなら、イレギュラーでもできることはあるんじゃないか？」

そうだ。維玖の言う通りだ。

諦めるのはまだ早い。

「足りない人材は俺に言って。俺が用意する。きみは同じところを見つめて走ってくれる仲間を確保して。そして手分けしろ。これはきみの企画であるけれど、ツキヤマツーリストの企画でもある。ひとりでなんでもやろうとするんじゃない。協力してくれる人間を頼れ」

「うん！　すぐに緊急の打ち合わせをして、別の形にする！」

小春の声に力が戻る。

（わたしは……ひとりじゃない）

「小春……　〝諦めるな〟」

維玖の言葉が心に強く響く。

『いっくん、諦めるな』

かつて自分は維玖にそう言った。
思うように口から出てこない言葉で、時間がかかってもいいから伝えてみせろと。
必ず、相手に伝わると。
『うん、コハちゃん』
諦めずに頑張っていた維玖は今、自分を導く男になった。
「うん、わたし……諦めない！」

◇・＊・◇・＊・◇

「もしもし、俺だけど。ちょっと話したいことがあるんだ。お願いというのかな。……ああ、俺？　うん、凄く怒っている。今までにないほど。……そんなに怖い？　俺の声。だったら、やっぱり会って話したいな。これからそっちへ行くよ、本社に。どうせ休みでも仕事をしているんだろう？」

◇・＊・◇・＊・◇

月曜日――。
小春は直接社長に呼び出されて、社長室へ行った。

執務机に座る社長の前で、小春はすっと背を伸ばして立つ。

応接ソファには、にやついた笑みを浮かべる澄香が座っていた。

「話は娘から聞いている。きみは……土日のイベントを潰したと。キャンセルの電話があったと聞くが、きみの名前だったとか」

「はい。わたしが電話したわけではありません。誰かがわたしの名を騙ったようですが、直前に確認をしていなかったわたしのミスです」

「ほう、素直にきみの責任だと認めるのか？」

「はい」

小春は迷いなく答えた。

「クライアントは一般客ではなく、音楽家、クリエイターなど各業界に名の知れた海外客。うちの顧客ランクでいけば、Sではないが A レベルだということを知ってのことか？」

「はい」

だからこそ、地域振興ができると躍起になっていたのだ。

このイベントから日本の伝統を発信できると。

「前代未聞だぞ。これでうちは、直前にイベントを簡単に取り消す会社として、海外でも東京でもブラックリストに載るだろう。イベントは信用ありきなんだ。それを失ってしまったのだから、責任者であるきみを今まで通りの待遇でいさせることは難しくなった」

『小春。恐らく社長は日曜日のきみの奮闘を知らない。土曜時点の社長令嬢の話を鵜呑《うの》みにするだけだ。事実確認もしないだろう』

維玖の言葉が思い出される。

『水曜日までは耐えてくれ。どんな処遇になっても。俺に考えがある』

「きみのチーフの肩書きを白紙に戻す。剥奪《はくだつ》だ。ただの一社員に戻り、そこから出直してくれ」

澄香の顔が大喜びしているのが視界に入る。

「では後任チーフとして、どなたに引き継げばよろしいでしょう」

感情の乱れが一切ないのは、覚悟していたからだ。

それこそが澄香の願いでもあったはずだから。

「パパ。私がやってもいい？」

後任に名乗りを上げたのは澄香だった。

「まだお前、力がついてないだろう」

「後任が決まるまででもいいわ。だってこんなミスをする人がチーフをできていたのなら、私だってできる。それに寛人さんがフォローしてくれるし」

「そうだな。寛人くんもいることだし……だったら一ノ瀬くん。澄香に引き継いでくれ」

澄香は得意満面の顔をしている。

今ここで、立場は逆転したのだ。

「承知しました。……ただひとつだけ、お願いがあります」

「厚かましい人ね、一ノ瀬さん……」

「すみません、簗山チーフ。お願いというよりも……水曜日の後埜総帥の〈繋ぐ〉企画の発表だけは、木南チーフとともにやらせていただけませんでしょうか」

するとと澄香は笑った。

「別にいいんじゃない？　どうせ私たちの寛人さんのチームが選ばれるのだから。木南さんをリーダーに変更してもらえば。ね、パパ」

社長も澄香の意見に同意した。

「ありがとうございます。では……すぐにでも引き継ぎをさせていただきます」

◇・＊・◇・＊・◇

「小春……馬鹿だよ。あんた本当に馬鹿！」

ミーティングルームで多可子が泣きながら小春に抱きついた。

「言えばよかったじゃない、日曜のこと。どれだけ〝大盛況〟だったのか！」

「言ったところで変わらないし、いっくんに策があるみたいだから。わたしは……社長より、いっくんを信じることにしたの」

「だからって！」

「ありがとうね、多可子。土曜日に引き続き、日曜日も駆り出してしまって。でもわたしが困った時に信頼できる同僚は、多可子だけなんだ。多可子がいてくれたから、わたし……」

小春は嗚咽を漏らしながら続けた。

「同期で入って、部署は違っても仕事を頑張って……ふたりでチーフになって。初めて……ふたりだけの企画を任せられて、すごく……嬉しかったなあ……」

「なんで……辞めるみたいな過去系なのよ、馬鹿小春。頑張ろうよ」

「頑張りたいね。うん……頑張りたい。だけど……わからないや」

上司に澄香と寛人がいて、どんなに仕事を頑張ったところで認められないかもしれない。いやなことばかり押しつけられる、雑用係になるかもしれない。

今まで澄香に対して毅然としていられたのは、年齢や経験値というよりも肩書きだった。仕事だけに集中できる環境は、一変してしまった――。

どんなに頑張っても、肩書きを持った社長令嬢の意見ひとつで責任を追及されて退職に追い込まれるかもしれない。それがゼロだと断言できないのだから、もう退職のカウントダウンは始まったも同然なのだ。

『耐えてくれ、小春。水曜日までは』

だから、最後に……多可子と力を合わせた企画で、勝利をもぎとりたい。

自分が今までしてきたことは間違いではなかったのだと。

寛人もこの件で、なにひとつ動かなかった。

小春を擁護しに動くのでもなく、驚きに固まるのでもなく、小さく舌打ちしたのは……チーフとして仕事を増やした澄香の面倒を見ないといけないのが、憂鬱になったのだろう。

彼は自分のことしか頭になかった。

そのうち、これ幸いと小春に雑用を申しつけて、自分の仕事量を減らそうとするかもしれない。

チーフの席に澄香が座り、澄香の席に小春が移動したのを見て、フロアは静まり返っていた。

居たたまれずに、ミーティングルームに逃げ込んできたけれど、そのうちこの光景に違和感がなくなるのだろう。

それが悲しかった。

◇・＊・◇・＊・◇

待ち遠しく、そして怖くもあった水曜日がやってくる。

「大丈夫だから。小春は、自分の信念を貫いて」

我慢は今日までと維玖は言った。

プロジェクトを理由にしてミーティングルームに逃げ込めるのは今日が最後。

『あなたさあ、ヒラのくせに勝手にミーティングルーム行き来するのをやめてよ』

案の定、言葉使いも態度もがらりと変えた澄香が、小春に雑用を押しつけ逃げ場を封じた。

屈辱的な状況を助けてくれたのが、あじさいツアー企画で一緒だった小山と大村や、熱海イベントを頑張った渡邊だ。

田中もインフルエンザから回復し、渡邊から小春がケーキを届けたことを聞いて深謝されてから、会話することが増えていたが、彼も突然の逆転劇に違和感を覚えたようだ。寛人に人事をなんとかした方がいいと訴えていると、渡邊がこっそり教えてくれた。

それでもやはり役職者の力は大きく、なにも変えることができないと悔しがっていると。

それを見ただけでも、自分は部下に恵まれていた。

自分が今までしたことは間違いではなかった――そう心に染み入った。

プレゼン会場はツキヤマツーリストの会議室ということだったが、今日の午前中、山下常務からの伝達で後埜ホテルの広間に変更となった。

この広間は奇《く》しくも、日曜日にお世話になった大広間である。

さらに社長の意向で、重役はもちろん、イベントや打ち合わせが入っていない社員も、全員参加となった。

急に規模が大きくなって戸惑ったものの、日曜日のイベントで馴染んだのか、豪奢な雰囲気に呑み込まれることなく、逆に力をもらっているかのようなエネルギーに満ちた感覚になる。

「多可子も？」

「小春もなの？」

ふたりは笑い合って互いの双肩を掴んで、互いを励ましあった。

「大丈夫。わたしたちならいける」

「大丈夫。私たちは最強の同期。腐った奴らに負けるものか！」

プレゼンはまず寛人のチームから始まった。

壇上の背後には大型スクリーンが広がり、最前列には椅子がふたつ並んでいるが、そのひとつに着物姿で杖を片手にした後埜総帥が座っている。

プレゼン慣れしている寛人の滔々《とうとう》とした語りがスピーカーで会場に広がる。

思った通り、彼らはホテルと人、ホテルと思い出を〈繋ぐ〉企画だった。

もし小春たちが額面通りのテーマで企画を考えていたら、彼らの作った企画に圧倒されるだろう。

後埜ホテルの理念や歴史を調べた上で、繋ぐためにホテルが現在不足しているものを、わかりやすく、そして嫌味なく提案して見せたのだ。

元々相手のことを調べ上げてから企画をしろと、小春に教えたのは寛人だ。

少し前まで小春が目標としていた、そんな素晴らしい企画だった。

(もし方向性が間違っていたら、完全にわたしたちの企画はアウト。多可子もとばっちりを食らって、待遇が悪くなるかもしれない。だけど)

『大丈夫だから。小春は、自分の信念を貫いて』

(大丈夫。わたしたちは……総帥の心に寄り添ったものを提案できる!)

プレゼンが終わると、総帥の後方にいる社員が座った観客席から盛大な拍手が湧く。

このざわめきは、寛人に対する賞賛でもある。

もし彼のチームが選ばれても、評価されるのは彼で、メンバーは添え物扱いされるだろう。

そういう演出が効いたプレゼンで、寛人は劇の主役であるかのように陶酔しきった顔で、観客に深く一礼した。

「小春、見てる？　総帥……拍手してない。部長は気づいていないみたいで、カーテンコールに応えているかのように振る舞っているけど。司会進行役の山下常務も微妙な顔をしてる」

そう、これは――総帥のためのプレゼンであり、寛人のためのものではないのだ。

あまりにも打算的な思惑が滲み出ていた。

「多可子……。総帥、杖でカツンカツン始めたよ。あれ怖い」

総帥に思うところアリ、なのだろう。

それはいいものなのか、悪いものなのか。

高揚していた寛人の表情が一瞬にして強張り、彼はそそくさと退場する。

次に小春は多可子とともに壇に上がると、用意されているノート型パソコンにＵＳＢメモリを読み込ませた。

連動してスクリーンに映像が映る。

いよいよだと思うと、緊張に指先が震えてしまう。

それを見た多可子が、小声で言う。

「日曜日のこと、思い出していこう」

日曜日のこと――言語が通じずとも、心は通じ合ったことを。

小春の脳裏に、転校してきたばかりの維玖の姿が思い浮かんだ。

彼だってどんなにもたついても、辿々しい言葉で、身振り手振りで、心を伝えてコミュニケーションがとれるようになった。

弁が立てばいいというものではない。

伝えたいという気持ちが大切だ。

(大丈夫。真心があれば……相手に伝わる)

『小春…… 〝諦めるな〟』

土曜日、小春の背を押した維玖の言葉が再生される。

(一ノ瀬小春――諦めるな!)

小春は深呼吸をしてから、笑顔を作って観客に一礼をした。

「これよりBチームのプレゼンを発表させていただきます。プロジェクトリーダーはこちら木南多可……」

するとと多可子は上書きするような明朗な声で言った。

「リーダーはイベント促進課より、こちらの一ノ瀬小春。そして副リーダーは営業一課より私、木南多可子が務めさせていただきます」

多可子はリーダー変更を認めず、自らもチーフの肩書きを名乗らなかった。

寛人のように肩書きなど名乗る必要はない。

これからするのは、観客を引き込むプレゼンではない。

総帥個人に訴えるプレゼンなのだ。

多可子からエールを貰っている気がする。

（ありがとう、多可子）
多可子の操作により、スクリーンの背景には赤い椿の花が映った。
小春は総帥を見つめながら言った。
「わたしたちがご提案するのは、〈繋ぐ〉ために〈繋がない〉企画です」
案の定、場がざわめいた。
話し始めようとした時、開いた扉からこちらにやってくるふたりの影があった。
ひとつは社長、ひとつは――。
（いっくん……？）
なぜここにいるかはわからない。
突如現れた維玖は、総帥に一礼してから隣の椅子に座った。
（え、そこは社長席では……）
社長は維玖の後ろ、重役たちに並んで座った。
維玖の素性を考慮して、社長は下がったのだろうか。
（なぜ彼がここに来たのか、そして来られたのか……よくわからないけれど）
愛しい男性が見守ってくれている――それだけで緊張感が解《ほぐ》れていく。
小春はすうと深呼吸をしてから話し始めた。
「この企画内容を説明する前に、お話ししたいことがあります」
それは、総帥に向けたものだ。

「……わたしが中学生だった頃、クラスにある転校生がやってきました。彼からは伝えたい言葉が溢れているのに、それを言葉にすることができませんでした」

その転校生――維玖が、懐かしそうな顔をしている。

「伝えたい想いがあるのに、それを伝えられないもどかしさを抱え、彼は途中で喋るのをやめようとしました。わたしはそれをよしとせず、言葉を伝えるために〝諦めるな〟と彼に教え、彼が感情を乗せた言葉をすべて言い切るまで待ち続けました」

『大丈夫だよ、ゆっくりでいいから。いっくんの心を教えて』

大人になった今、逆に維玖からそう言われている気がする。

「彼はわたしが強いと言いましたが、本当は逆で……わたしは諦めてばかりいた弱い人間です。どんなに頑張っても報われないと諦観してばかりいて……だから希望を捨てずに、自分の言葉を話そうとする彼はわたしの憧れであり、彼には諦めてほしくありませんでした」

言い終わると同時に、澄香が手を挙げた。

「あの、どうでもいい話はやめてもらえませんか。退屈なので」

それを止めたのは、維玖だ。

「どうでもいい？　これは……本質だ。それがわからなくて退屈だと思う人たちは、ここから出て行くといい」

「なんで部外者に、そんなことを言われないといけないの⁉」

癇癪を起こす澄香を鎮めたのは、かつーんという総帥の杖の音だった。

「続けよ」

「ありがとうございます」

総帥の許可をもらい、小春は続けた。

「わたしは彼を好きになりました。ずっと彼と一緒にいたかった。しかし両親の離婚により遠い場所に引っ越すことが決まり、彼と別れることになりました。子供は無力で親の決定に逆らうことができない。わたしは、彼にも皆にも転校することを言い出せなかった」

中学生の頃の自分が蘇る。

無邪気な笑顔の仮面をかぶりながら、ずっと皆と一緒にいたいと心の中で泣いていた。

その上で、望みが絶対に叶わないことを悟っていた。

「そんな時、わたしは事故に遭いました。今でもここに傷があります」

小春は、胸の傷の位置に手を置いた。

(そう、寛人さんに醜いと目を背けられた傷が)

ここからは寛人の姿は見えない。

「生死を彷徨った末に目覚めたわたしは、彼のことをすべて忘れていました。彼と一緒にいる未来を諦めていたから、彼との別れが辛くならないよう忘れてしまったのだと思います」

維玖はじっと小春を見ていた。

「好きだからこそ、好きになってはいけない。諦めているからこそ、諦めたくない。これらはすべて逆説です。矛盾しているように思えますが、どれもが正しい」

小春も維玖を見つめ返してから、総師に語りかけた。

「人間は複雑で、こうであるというひとつの単純パターンには当てはまりません。そんな人間を包み込むホテルも然《しか》り。ホテルは、泊まる人間の数だけ意味を持つ。こうであるという定義を、我々ホテル業界の外の人間が決めつけるべきではないと考えました」

ようやく本題に移る。

「総師はご親友を昨年亡くされたとお聞きました。そのご心痛、いかばかりのことだったでしょう。ご親友に伝えたい言葉は、どれだけあったことか。しかしそれを伝えられなくなってしまった。伝えたい相手がいなくなってしまったのだから……」

総師の目が赤いのは、涙を堪えているからだろうか。

(辛いことを思い出させてしまって、申し訳ありません、総師……)

「言葉を使い、心を繋ぎたい相手と繋がれないのは苦痛です。苦痛から逃れるためには、繋ぎたくないと心を閉ざして忘れ去ってしまえばいい。わたしが転校生を忘れたように。しかし転校生側はどうでしょう。勝手に断絶されてしまったら、彼の心は……思いは宙ぶらりになってしまう」

維玖は唇を噛みしめていた。

「総師のご親友にも心がありました。もう彼と繋がれないけれど、彼のことを強制的に忘れる必要はない。ただひっそりと思い出して、時にお酒を酌み交わしながら、昔こんなことがあったねと、ご親友が残した心にそっと触れて差し上げたら、喜んでくださるのではないでしょうか」

総帥は目を閉じていた。瞼《まぶた》の裏側には、親友の笑みが浮かんでいるだろうか。

「繋ぐ、繋がない、繋げない……それはご本人の受けとめ方の違い。本質的には逆説のように、どれもが同様のことを示しているのではと思いました。繋がないといけないのではない。繋いではいけないのではない。なによりホテルがそれを決めてはいけないと」

寛人のチーム案は、ホテルとは『繋ぐもの』という前提で進めていた。

しかし総帥は、なにも寄越したテーマがホテルの意義だと言ったわけではない。

ただ〈繋ぐ〉というものについて聞いていただけだ。

「わたしたちが提案するのは、豪華なイベントで、思い出や心を強制的に上書きするようなものではなく、利用客がふっと横を見たら、大切な人たちがそっと微笑んでいるような心温まるもの。そのイメージが椿の花です。花言葉は……『控え目な優しさ』『誇り』」

小春は以前、総帥の亡き友人についてこう聞いていた。

『椿の花が大好きな会長で、親友がホテル経営をしているから一緒に泊まりにいこうとは言いづらくて、俺を誘ってきたんだ』

華やかなのに慎み深い……そんな日本伝統の花に思いを託そう。

総帥の心が花開くようにと。

「わたしたちは、利用客の数だけある思い出ごと、そっと包み込むのがホテルの理想だと考えました。また戻ってきたいと思える……そんな第二の故郷に」

小春にとってそれは維玖だ。

いつだってどこだって、戻りたいと思える場所だ。

小春は言いたいことを伝えられてすっきりとした気分で、多可子に代わった。

今度は小春がスライドを切り替え、具体的な案が視覚で表現される。

多可子がそれについて話し出した。

寛人のように、自分に酔いしれた高慢さを匂わせる説明ではない。

(リベンジするのよ、多可子！)

クライアントの思いを大切にする企画になるよう、ふたりで案を練ってきた。

寛人に女だという理由で馬鹿にされたが、女だからこそできるささやかな心遣いを盛り込んだ。

身振り手振りで説明する彼女は、さすがは営業のエースだ。

小春は多可子を頼もしく思って見守っていたが――。

「まったくイメージがつかないから意味不明なんですけど！」

邪魔するのは、またしても澄香である。

静まり返った中で発言するとは、すごい度胸だ。

「勝負はついているのだから、さっさと退場してくれませんか。定時に帰れなくなっちゃうんですけど！　ねぇ、皆さん」

(うわ……)

澄香に同意の声は上がることなく、逆に場が険悪なムードになった。

(定時って……。チーフになった途端、自己中さと厚かましさが増してふてぶてしくなったわね。今までの方がまだ可愛い方だったなんて……)

そんな澄香の悪態に、誰よりも早く反応したのは――多可子だった。

マイクを切ると同時に、片手で演台をばあんと叩き、澄香を驚きに固まらせてから言う。

「黙っていてくれませんかね、築山チーフ。役職者ならこんなことを言わせずとも、察してほしいんですが」

「な、な……私に恥をかかせるなんて……」

どこまでもずれている澄香に声をかけたのは、杖を鳴らした総帥だ。

「チーフ？　お主、どこのだれじゃ」

すると澄香は、媚びた眼差しを総帥に向けて、堂々と名乗る。

「イベント促進課チーフの築山澄香です。父が社長で、婚約者がさっきプレゼンしていた小山内部長です。よろしくお願いしまーす」

(結局、わたしが教育係になって指導しても、なにひとつ自分で変えようとしないでマイペース貫いて、空気読めないままチーフになったのね、彼女……)

頭がずきずきしてくる。

「……イベント促進課チーフじゃと？　ふたりおるのか？」

総帥は不思議そうに、小春を見た。

（わたしがチーフではないのかって言ってるの？　わたし……チーフって名乗ってないわよね。プレゼンの時も）

澄香が意気揚々と説明をする。

「総帥さん。元々彼女がチーフだったんですけど、企画したイベントを自分で潰すなどという無責任なことをしでかしてしまいましてぇ。そのおかげで、外国人の団体客や、東京の伝統芸とかしてる職人さんたち東京の地域振興を目指す方々の信用をなくしてしまいましてね、降格処分となって、ルーキーの澄香がチーフになったのですう！」

多可子と維玖のコメカミにぴきぴきと青筋が立っている。

やめなさいと止めているのは社長だが、得意気な澄香はなぜなのかわかっていない。

「今度、スイートルームに泊まらせてくださいねぇ」

澄香の脳天気な声に、誰もが唖然《あぜん》となった次の瞬間、ひと際大きなかつーんが鳴り響く。

むろんそれは、総帥の杖の音だ。

「たわけが！　父親の七光りで役職を得ただけの小娘が、べらべらと嘘をつくのではないわ」

「う、嘘なんかじゃ……」

「嘘じゃろうが！　一ノ瀬チーフは日曜日、ワシの……この後楚ホテルのこの広間にて、うちに泊まる五十人の海外客を、東京のたくさんの職人たちとともに満足させて、場は大盛況だったではないか」

「……は？」

（総帥は……見てらしたんだわ。だけど大御所がわざわざホテルのイベントを見に来られたということは……ううん、それだけじゃない。急遽のお願いなのに、後埜ホテルのスタッフの皆さんが快く協力してくださったこと自体、もしかすると……）

維玖と目が合うと、ぱちりとウインクをされた。

（維玖が、裏で動いてくれたのね）

「そんなはずないわ。だってパパが澄香のお願い通り事前にキャンセルしてくれて、土曜日はちゃんとイベント中止になったもの。彼女だって月曜日、パパが降格処分を言い渡してもなにも言わなかったもの！」

（なんていうこと！）

思わず小春は、壇上から叫んだ。

「あなたが、イベントを中止させたの？　パパ……社長にわたしの名を騙《かた》らせて！」

同時に反応したのは、土曜日に一緒に集まった小山と大村だ。

「なにやってるんですか！　社長もですよ、なんで我が社を追い詰めることを」

「築山さんがイベントを潰させて、一ノ瀬チーフからチーフ職を奪ったのか⁉」

「うるさいわね！　モブは黙ってなさいよ。澄香が企《たくら》んだなんていう証拠なんてないんだから！」

自爆したくせに強気な澄香に、維玖が立ち上がってペン型のＩＣレコーダーを再生させた。

〈はい、娘に言われて……。一ノ瀬チーフに任せたら、イベントが壊されてしまうからキャンセルの連絡をした方がいいと。イベントを中止にした責任は、一ノ瀬チーフにとってもらえばいいという娘のアドバイス通り、彼女の名前でキャンセルしました〉

社長の声だ。

〈だって彼女は娘より先に、あんな豪華な挙式を上げたじゃないですか。わざわざ娘をルミエール・マリアージュの式に呼んで自慢するなんて、私を馬鹿にしているも同然だ〉

（わたし、暴れてもいいですか？）

かつーん、かつーん、かつーん！

総帥はその杖の音で、小春の怒りを恐怖に変えた後、維玖に言った。

「チーフはそこに立つ一ノ瀬さんに戻せ！」

「御意」

なぜか維玖が答えている。

（ど、どういうこと……？）

総帥は高らかな声で、澄香に言った。

「よいか、そこの愚かな小娘！　イベントは潰れてはおらぬ。翌日の日曜日この広間にて、一ノ瀬チーフは外国人客も東京の職人たちも、どちらも笑顔にさせた。嘘だと思うのなら、協賛者に話を聞いてみろ。誰もが、諦めずに代案に奔走した一ノ瀬チーフを褒《ほ》め称《たた》え、今後彼女には快く協力することを申し出るだろう」

「そ、そんな……！」

「嘘じゃないです！　俺たち、日曜日に手伝いました！」

部下ふたりに次いで、熱海プロジェクトメンバーも証言する。

手伝いの要請連絡を受けて、休日なのに快く協力してくれた渡邊、その先輩の田中だ。

「私もいました！」

そして多可子。

土曜日、信頼できる仲間たちをファミレスに集め、緊急会議をした。

その後に謝罪に回った関係各所を再訪し、翌日の日曜日に後埜ホテルに来てもらえるよう取り計らった。

あじさいは見られなくなってしまったが、ホテルの大広間に、訪問予定だった東京の伝統芸や歴史がわかるものを集め、皆で情熱を外国人客に伝えたのだ。

そのパワーに圧倒された客は、ＳＮＳなどで情報発信したいからとゆっくりとそれらに触れて楽しんでくれ、最後は大宴会を開いて盛り上がった。

国境を越え、職業を超え、性別を超え。いつまでも笑い声が響き渡ったあの時間。

小春たちはお手伝い係に奔走し、後埜ホテルは宴会スタッフを用意してくれた。

維玖は外国語を話せる社員を連れて、自らも通訳に徹して日本文化のガイドを担った。

英語が苦手な小春たちは、最初こそジェスチャーでの対応となり苦労したものの、最後は日本語と英語で通じ合い、場は賑わった。次に来日した際にもまた会おうと約束し、握手やハグをして連絡先も取り交わしたほどに。

予定していたイベントは潰れたが、それ以上の活気に満ちた新イベントで挽回《ばんかい》したのだ。

「だ、だったらそう言えばいいじゃない。なんで月曜日、パパの言うがままに……」

「俺が黙っておくようにといったからだ」

維玖が冷ややかに答えた。

「まずは社長が、娘とはいえ一社員の言うことのみを鵜呑みにして終わるか、それとも公正に判断しようと事実を調査するのか。そして野心家の社長令嬢は、小春に責任を押しつけた後になにをして、どんな態度で仕事をしようとするのか。それを見て他の社員がどんな反応をするのか。すべてを総合的に判断するために」

「なんで？　あなたはうちの社員じゃないでしょう？　嫁が勤めているからと干渉しすぎよ！」

「はは。確かに俺は社員ではない。だけど……」

維玖は小さくなっている社長を見た。

「ツキヤマツーリストは、ルミエール・マリアージュの母体であり、我が兄が社長をしているルミエール本社にM＆A……買収された。そしてさきほど、すべての経営権を譲渡された兄から命じられ、俺が社長になった」

(な、ななな!?　維玖が社長になった!?)

「はあああ!?　嘘よね、パパ！　ツキヤマツーリストはパパの会社で、簡単に買収なんてされるわけないわ。脅されて奪われたのなら弁護士を……」

維玖は超然とした顔で笑う。

「そうだね、弁護士を用意しておいた方がいい。これからきみのパパは特別背任罪で逮捕されるだろうから。架空取引をでっちあげて会社の金で複数の愛人を囲ったり、自宅や愛人宅を改修したり。業者に賄賂を要求して私腹を肥やしたりと、したい放題だったからね」

「嘘でしょう、パパ！　複数の愛人ってなに!?」

社長は項垂《うなだ》れた顔を上げることはなかった。

「借金にまみれていたツキヤマツーリストを、兄が代表してルミエール本社が買った。このプレゼンの裏で開かれていた臨時株主総会で築山社長は解任され、俺が新社長に就任したばかりだ。そのためにプレゼンに遅れてしまったけれどね。ホテルには警察が待機している。逃げ場はない」

言葉を失う澄香に、さらに維玖は話しかけた。

「それと、きみの婚約者だけど……随分と借金まみれみたいだな。はは、父親と夫候補……中々気が合う仲間だったようだ。彼は名家の息子と言っていたみたいだけど、名家というのも昔の話。彼のご両親は今、先祖代々から伝わる名品を売りながら、細々と生活をされている」

「は!?」

澄香が目を吊り上げて寛人を見ると、彼は冷や汗をかいて目を泳がせている。

（わたし、寛人さんの実家に行ったことも、ご両親と会ったこともなかったけれど、今もセレブというわけではなかったのか……）

「だから、成り上がりたいという彼の野心は強かったのかもしれないが、高いものをねだりすぎる婚約者のために、貯金を使い果たした挙げ句、貸金業者から金を借りすぎて火の車だった」

「そ、そんなことないわ。今もずっと……ハイブランドのものを買ってもらっていたんだし」

「ああ、会社の金でね」

(え……?)

それには山下常務が厳しい顔をして言った。

「会計監査より改竄《かいざん》の跡があると指摘され、ずっと内部調査をしていた。そこである経理の女性社員が怪しいと睨んでね。数日前にようやく話してくれた。小山内部長に言われて、会社の金を横流しし、帳簿を改竄していたと。彼女は小山内部長から結婚の約束をされていたとか」

「違う、違う俺は……！」

つまり寛人は小春と付き合っていながら、澄香と結婚するために金が必要となり、会社の金を横領するために経理の女性社員にも手を出した……ということらしい。

(最低……)

「澄香さん。これから俺は部長にも横領の罪で損害賠償の訴訟を起こすが、会社の金で買われたきみが持つハイブランドの金品……それらを補填《ほてん》として回収させてもらうよ」

「いやよ。あれらは皆、澄香のものだもの。渡さないんだから！」

「まあ、どちらにしてもきみは自ら手放すことにはなるだろう。もうきみは社長令嬢ではない。きみの素行の悪さは他の社員も知るところ。処分をさせてもらう」

「処分って……そ、そんな！」

「懲戒解雇にしても、理由は後できちんと知らせるよ。それと、きみは土曜日のあじさいツアーに、ピンヒールで現れたらしいけれど、妊婦ならそんな格好をしないよね」

澄香はびくっと身体を震わせた。

「きみは……妊娠なんかしていないだろう？」

（ええぇ⁉）

寛人も社長も驚いた顔で澄香を見た。

「わ、私は……」

澄香の顔色がみるみるうちに青ざめていく。

「そうしなければ、小山内部長との結婚をお父さんが認めてくれなかったからじゃないか？きみはどうしても小春を打ちのめしたかった。そのために、妊娠をでっちあげたのでは？」

澄香は返事をしなかった。

維玖の言葉は正しいのだろう。

「小春から彼を奪い取り、どんな挑発をして企んでみせても、きみは小春に敵《かな》うことはなかった。小春からチーフの役職を奪い取った数日間、ようやく勝利したと喜んだだろうね。虚飾の肩書きに酔いしれて、したい放題をしたきみは、きみの取り巻きすら失望させたんだ。人間的にね」

かつて澄香と仲良くしていた社員たちは、澄香と合った目をそらした。

「きみが手に入れたものなどなにもない。逆にすべてを失ったんだ。お父さんと小山内部長と一緒にね」

「そんなこと嘘よ。私は生まれながらのセレブで社長令嬢で、皆が私を愛するのが当然で……私は上に立つ人間なのに。私が疎外されるなんて。私が貧乏になるなんて、そんなの……いやあああああ！」

現実に耐えきれずにその場で崩れ落ちた彼女を介抱する仲間はおらず、総帥が杖を鳴らしてホテルスタッフを呼び、彼らが広間から別の場所へと運んでいくだけだった。

多可子がこっそりと言う。

「小春がチーフ職を奪われたまま、なんで今日まで黙っているのかと思ったら、澄香がチーフとしても人間としてもどれだけ最悪で、どれだけ小春が会社に貢献するムードメーカーでいたのか……社員たちにわからせるためだったのかもしれないね」

あじさいツアーで、ともにイベント成功のために走り回った部下たち。

客が喜ぶイベントを成功させる醍醐味《だいごみ》を知ってくれた、熱海イベントチーム組。

彼らは、小春がチーフから降ろされるのは不当だと、寛人にも訴えてくれた。

そして寛人は――彼の未来を約束するすべてのものを失い、膝から崩れ落ちていた。

そこにはプレゼンで発表した時のような、堂々としたものはない。

彼のすべては、プレゼンで終わってしまったのだ。

そしてそのプレゼンは――。

「粛清はこれで終わったか？　新社長」

後埜総帥が、維玖に語りかけた。

「今日の分の膿《う》み出しは。本当に変えるべきはこれからです」

維玖は苦笑しつつ、強い眼差しで答える。

「変われるだろう。お主が土曜にワシに連絡を寄越し、経営者としてワシに見守っていてくれと言ったのはこれじゃったのだな。トラブルに遭った時にどう臨機応変に対処できるか。なにを一番に考えて動けるか……それを見せるために」

「はい、その通りです」

小春は以前、維玖から言われた言葉を思い出す。

『経営者視点で言えば、一緒に仕事をするか決める時に、問題にしたいひとつはトラブルがあった時の素の対応だ。そこに人間性が表われる』

維玖は小春の人柄や誠意を信じて、総帥に繋げてくれていたのだ。

総帥は維玖に向けて大きく頷くと、言葉を続けた。

「あのイベントでクライアントたちの笑顔を守った結果、彼女はチーフの肩書きをなくした。しかしその偉業を自慢せずに謙虚に黙して理不尽な降格に従い、今日……椿の花とともにワシに語りかけて求めたことは、日曜のイベント成功の証言ではない。ワシの心の救済じゃった」

（総帥……）

「ワシがこうであってほしいと願う、ホテルの優しさを見つけ出してくれた。金と欲ではなく、クライアントのためにと動ける社員がいれば会社は安泰じゃな」

総帥は豪快な笑い声をたてた。

「では総帥、ジャッジをお願いできますか。総帥がいいと思う企画はどちらか、あるいはこれはというものはないのか」

総帥は答えた。

「それはBチーム、そこに立つチーフチームに決まっておる」

小春は、思わず多可子と顔を見合わせた。

「後埜ホテルが華々しいイベントをする時は、相応の理由を必要とする。だがそれは〈繋ぐ〉という、ありきたりの一義的なものではだめじゃ。多面的にホテルと客を考え、ワシ個人の心に語りかけようとしてくれたところにこそ、ワシはその企画を見てみたくなった。もっと具体的に企画を練って持って来い。今度はプレゼンではなく、前向きな打ち合わせをしようぞ」

認められたのだ。

たったふたりのチームが、言葉で思いを伝えることに成功したのだ。

諦めなかったから、繋がったのだ。

「ありがとうございます！」

小春と多可子は同時に頭を下げて礼を述べると、互いに抱き合って喜んだ。

嬉しくてふたりの涙が止まらない。

そこに司会の山下常務もやってきて、よくやったと目を潤ませた。

総帥に営業をかけ続けてきた常務にとっても、長年の志を遂げられたのだ。
(寛人さん、あなたはわたしに色々と教えてくれたけれど、これだけは言いたい)
「女だって、諦めなきゃ夢を叶えられるのよ!」
……それが、肩を落として座り込んだ寛人に届いたかどうかはわからないけれど。
かつーん、かつーん、かつーん。
ざわめく広間に、総帥の杖が鳴る。
それは彼が亡き友人に贈った言葉のように聞こえた小春は、維玖と微笑み合った。

エピローグ

ルミエール本社、社長室――。

「社長、このたびは本当にありがとうございました」

応接ソファの向かい側から、深々と挨拶をしているのは小春だ。

「お恥ずかしながらわたしは社員であるにも拘わらず、我が社の実態を把握しておらず。このままなら確実に倒産していたところを、社長に助けていただき、心から感謝いたします」

そして向かい側にいるのは、隣に座る維玖の実兄、凌久《りく》だ。

野性的な雰囲気が漂う、ワイルド系のイケメンである。

『兄は……あの部長に似た野性的なタイプだから。だから兄の方をきみが好きになったら困る』

(確かにお兄さんは、維玖の雰囲気よりも寛人さんの雰囲気の方が近い。だけど別にわたしの好みのタイプは、こういう系統じゃないし。そもそも初恋は、今よりもっと女の子みたいだった維玖の方だったんだし)

それでも維玖は心配のようだ。今は凌久に謝礼を言いたくて訪れたというのに、しかも義兄として話すのも初めてだというのに、小春の手を繋いで離さないのだ。

それを微笑ましいと許してくれる、寛容な義兄でよかったけれど。

「ははは。維玖がこれ以上ないくらいに怒って俺に電話をしてきて、ここに押しかけてきたからね。開口一番、『大至急、ツキヤマツーリストを買ってくれ』……いやあ、まさか我が弟から、そんなおねだりをされるとは思わず、椅子から転げ落ちそうになったがな、あはははは」

凌久は豪快な笑い声をたてた。

「本来なら維玖が買いたかっただろう。だけどルミエール・マリアージュの社長は父でね。父を通して動けば時間がかかるけれど、俺が社長をしているルミエール本社なら俺の一存で動ける。休みなのに法務の人間や弁護士やら集めて会議をして契約書を作り、月曜日の午後には築山前社長を呼び出した。ふたつ返事で簡単に譲渡しようとする彼に、維玖が社長に就くまでこの件は娘にも漏らさないことを約束させて」

「そうだったんですか……」

「維玖は昔から、欲がなかった。だけどきみのことだけは欲しがっていて、ようやく手に入れ本当に嬉しそうでね。その維玖が次にねだったのは、きみがいる会社だ。しかも借金だらけ。維玖はこう言った」

『必ず、経常利益を右肩上がりにさせ、損はさせない』

「戦う男の目だった。期待しているよ、維玖やきみが会社を盛り立ててくれるのを。聞けば後埜総帥までも落としたというじゃないか。きみたちにとって後埜総帥は顧客のひとりで、特別になにかをしたという感覚ではないかもしれないが、総帥の存在は間違いなくきみたちを援護してくれる。維玖の元で、走ってくれ」

「承知しました」

ツキヤマツーリスト一の辣腕であった寛人は懲戒解雇の上、横領の罪で起訴されるという。

前社長も解任の上で解雇処分になった。特別背任罪やぼろぼろと出てくる余罪が多く、別居中の妻からは離婚届を叩きつけられ、慰謝料を請求されているのだとか。たくさんいたらしい愛人は皆、彼を見捨てていなくなったという。

そして澄香は職務怠慢であることや、イベントを潰そうとした業務妨害以外にも、イベント情報をセフレに渡していた事実も発覚し、寛人同様に懲戒解雇になった。

両親は離婚、父と元婚約者は犯罪者、生活のためには華々しいハイブランド品を売る羽目になり、没落令嬢となった彼女を救おうとしてくれる王子様はいなかった。

生活レベルが極端に落ちた澄香が会社を去る最後の日、多可子と小春が見送った。

チーフとして元教育係として送り出したかったのだ。

最後まで彼女の殊勝な姿を見ることはなく、小春たちに激しい怒りをぶつけて彼女は消えた。

この先ひとりで働いて生きていけるのだろうかと心配する小春に、多可子は言った。

『大丈夫！　〈令嬢倶楽部《くらぶ》〉っていう風俗店のチラシ、バッグにねじ込んだから』

男性経験が豊富で、男を夢中にさせる身体が自慢だった元令嬢。

彼女はどこで生きるつもりなのか。

「電話……父さんからだ。ちょっと廊下で話してくる」

維玖はスマホに応答しながら退室するが、再びドアを開けて顔だけこちらに向けて叫んだ。

「兄さん、小春に手を出さないでよ！」

そしてまたドアが閉まると、凌久は笑い転げ、小春は「すみません」と小さく謝った。

「あいつは本当に小春さんと結婚できて嬉しくてたまらないんだなあ。あんなに子供みたいに無邪気な顔を見るのは、まだ母が生きていた時以来だろう。母が死に、維玖が引きこもって言葉を話せなくなり……。俺は、父に煙たがられるようになった弟が不憫で仕方がなかった」

凌久は小さく笑って、秘書が出した冷茶を啜る。

「維玖の言語障害がひどいことは、すぐにわからなかったんだ。なぜなら若宮の本家で、維玖はいつも言いたい言葉を呑み込んで、父の顔色を窺って生きていたから。もう維玖を庇ってくれる優しい母はいなくなった。父に逆らわずになにも言わないことが正解だと思っていたフシがある」

まるでそれは、両親の不仲を黙って耐えていた自分と同じだ。

「父に本家から遠ざけられて、きみと同じ中学に転校しても、維玖は喋ろうとしなかっただろう？　いつも薄く笑っているような儚《はかな》い感じで」

「ええ……」

「感情の出し方がわからなかったんだ。それが哀れに思えて、俺だけは味方でいたかったのに、俺は維玖がどこにいるのかわからなくて。ようやく探し当てた時、維玖はきみと笑い合っていた。言葉で気持ちを伝えようとしていた。俺は感動してね……」

（いいお兄さんだわ……）

「小春さん。維玖はきみが転校したことがショックで、一時期言語障害がぶり返したことがあった。ただぼろぼろと涙を流しながら、『コハル』ときみの名前を言いにくそうに口にしながら、ぼんぼんと拳で自分の胸を叩きつけていた」

凌久が真似して叩いた場所は、小春の傷がある場所だった。

「伝えたい相手がいないこと、気持ちを伝える部分がうまく機能しないこと……維玖はどれだけもどかしい思いと戦っていたのか。ああ、きみを責めているわけじゃない」

「……っ」

「それでも維玖は、きみと再び会うことを諦めなかった。会ってきみに好きだと伝えたい……その一念で心因性の言語障害を克服したんだ。それくらい維玖は、きみのことを想っていた」

「……はい」

「きみと再会してから、維玖は……きみに愛を伝えているかい？　会えなかった間に溜《た》め込《こ》んだ愛を口にして……そして身体でも伝えているかい？」

「はい、伝えてもらっています。たくさんの愛を貰っています」

小春が唇を戦慄かせながら笑うと、凌久は微笑んだ。

「それならよかった。もう本当に、昔からきみが好きでたまらない一途《いちず》な男なんだ。きみのために若宮家の次男として畏怖されるだけの男となった。だから俺は、きみに感謝してる。消え入りそうだった維玖を、ここまで育ててくれてありがとう」

凌久が頭を下げるため、小春は慌ててそれを制した。

「御礼を言うのはこちらの方です。わたしが彼を傷つけてしまっている間、弟さんを見守り味方でいてくださったことは、彼にとってどんなに心強かったでしょうか。わたしには上流界のことはわかりません。しかし彼が置かれている環境は冷たくシビアで、時に心が壊れる……そんな環境ではないかと勝手に推察しております」

小春は続けた。

「正直、わたしなどが維玖さんの妻でいいのかと躊躇《ためら》うことはありますが、維玖さんが全力でわたしを守ろうとしてくれたように、わたしも維玖さんを……その心を守りたいです。わたしだけが彼を癒やしてあげられる……そう自負できるまで、頑張っていきたいと思っています」

「小春さん……」

「わたしは……彼を愛してます。心から。この気持ちは維玖さんに負けません」

小春は笑いながらも、真剣な眼差しで言う。

「わたしが生きている限りずっと、維玖さんに愛を伝えていきたいと思います。だって……伝えられる相手が隣にいて、伝えることができる手段があるんですから！」

凌久が笑った。

その笑い顔は維玖によく似ていて、愛情深いところも似ている兄弟だと小春は思った。

「ちょっと、寄りたいところがあるんだ」

凌久に会った帰り、維玖が運転する車で、東京から少し離れたある場所に移動した。

そこには古ぼけた校舎が広がっていた。

「え、ここ……」

見覚えある、懐かしい風景——。

「うん、小春と出会った中学校。老朽化が進んでいるから建て替えるらしい。今は閉鎖中」

「……思い出がなくなっちゃうんだ」

この中学校を卒業していないけれど、二年近く通った学校だ。

維玖との交流は数ヶ月しかないといえども、寂しさを感じてしまう。

「中に入ってみよう」

維玖は近くにいた警備員に卒業生だと話しかけ、中に入る許可をとった。

「うわあ、この落書きだらけの下駄箱《げたばこ》……すごく懐かしい！　まだあの時のままなんだね」

玄関の風景は懐かしさに満ちていた。

「入ったらすぐ左手に生物室があって、大きな水槽があったはず。生物部の生徒たちが海の生物を飼育していて……」

大きな水槽はあったが空だった。

「隣は理科室で。確か準備室で寂しく放置された骨の模型を可愛い女の子にしてみようって、誰かが提案して、皆でドレス着せたりアフロヘアにしてリボンつけたりしたよね」

すると維玖が笑って同調した。

「そうそう。先生に見つかったけど怒られるどころか爆笑されて、つられて皆で笑い転げて。クラス対抗スポーツ大会の勝利の女神にして連れ回したよね。確か名前は……」

「〝ホネカワホネミ〟……まんまじゃない！」

小春と維玖は笑い声をたてながら、ぎしぎしと音をたてる廊下を歩く。

「思い返してみれば、いっくんが転校してきたあの数ヶ月って、特に面白いことばかりが凝縮されていた気がする。馬鹿なことをするのに全力で頑張って、大いに盛り上がって」

小春はふと立ち止まり、窓から誰もいないグラウンドを見下ろした。

目を閉じれば、当時の活気に満ちた生徒たちの声が聞こえてきそうだ。

「わたしがイベント企画を頑張りたいのも、あの頃が楽しかったからなのかもしれない」

閉塞的な家庭からの逃げ場所が、学校だった。

「楽しい思い出の中には、必ずきみがいた。きみが全員で楽しめる場を作ってくれていたんだ」

維玖はそっと小春の肩を抱く。

「きみが苦しみを知るから、皆の笑顔を守ってくれた。俺もね。だからこそ俺は、きみの笑顔を守るために、きみを苦しみから解き放ちたい」

「え？」

「昔にできなかったことを、今……してみせるよ」

そして維玖は、『2−C』のプレートがある、かつての教室のドアを開けた。

途端、響き渡る歓声。

「結婚おめでとう、小春！」

クラッカーがたくさん鳴った。

そこにいたのは、沙智を始めとしたかつての同級生たちだった。

彼らは小春に、ビタミンカラーの花束を押しつけた。

「え、なに……え⁉」

花束を抱えて戸惑う小春に、沙智が笑いながら言う。

「いっくんから連絡もらってさ。やっぱり私たちの中学時代、小春がいて完成するんだ」

うんうんと頷いているのは、かなりおじさんになった……小春がピンポン玉を口に押し込んだ同級生。

「そう。やることは怖かったけど、お前がいたら楽しかったよな。青春という感じで」

「本当にね。同窓会でいつも、小春も呼びたかったって皆でしんみりしてたものね」

成長するにつれて薄れていた記憶が、当時にタイムスリップしたみたいにありありと蘇る。

記憶どおりの面影を持つ者、まったく見る影のない者……様々だが、心に残る温かなものが、これはひとときの青春の共有者たちだと告げている。

「わたし、なにも言わずに……転校しちゃったのに……一緒に卒業していないのに」

小春の目が涙で滲み、言葉が震えてしまう。

「あんたが中心になって築いた絆《きずな》は、ちゃんとうちらの記憶に残っているよ」

沙智が笑った。

「そしていっくんが、うちらを今、懐かしの学《まな》び舎《や》でこうして小春に繋げてくれた。もうそれで十分でしょう？」

維玖は優しい目をして、見上げる小春の頭を撫でる。

「小春には、〝捨ててしまった〟という罪悪感が見え隠れしていた。だけどこれからはもう、そんなことを思わなくてもいい」

「……うん、うん！」

嬉しくて笑っているはずなのに、大泣きしてしまって皆に笑われてしまった。

「ほらほら、新妻がそんなんじゃ、旦那が困るぞ！」

「しっかし……維玖も化けたよなあ」

「化けたんじゃないよ、最初からそうだったんだよ」

同級生たちの賑やかな声に混ざり、遠くから靴音が近づき、小春の前で止まった。

「小春」

名を呼んだのは——。

「お母さん!?　そしてお義父さん!?」

維玖がお辞儀をすると、同級生たちもそれに倣った。

「お忙しいところ、お呼び立てしてしまい、申し訳ありません」

どうやら維玖が、両親を呼んだらしい。

（なんで……）

「小春の様子を見て、なにか思うことはありませんでしたか？」

小春は慌てて維玖と母親を見比べた。

すると母親は大きなため息をついてから、小春を見つめた。

「小春、教えて」

いつぶりだろう。こうして視線を合わせて、自分の意見を求められたのは。

「お母さんたちが離婚した時、あなたはここを転校したくなかったの？」

場が静まり返り、小春の心臓の音だけが大きく聞こえてくる。

「わたし……」

小春は維玖に背を押されながら、まっすぐに母親の目を見て言った。

「転校したくなかった」

ずっと言い出せなかった言葉を、初めて口にした。

「皆と別れたくなかった。維玖と……離れたくなかった」

涙が出そうになるのを堪え、しっかりと言葉にする。

「どうしてそう言わなかったの。小春、平気な顔をしていたじゃない」

「訴えたところでなにか変わった？」

母親は言葉を呑み込んだ。

「平気じゃなかったよ、お母さん。いつだってわたし……傷ついていたよ」

拳にして震える手は、維玖にそっと握られる。

頑張れと応援されている。

「耳を塞いでも聞こえてくる、雷の音みたいなお父さんとお母さんの喧嘩が嫌だった。わたしが産まれてはいけなかったように言われるのが、つらくてたまらなかった」

「そ、そんなこと……」

「言っていたわよ、お母さん。お母さんにとっては衝動的な言葉だったかもしれないけど、子供だからなにを言ってもいい……愚痴みたいなものに思っていたかもしれないけど、わたしにとってはいつまでも心を抉《えぐ》るものとして残ってる。消えないの」

母親は絶句していた。その様子を見て小春はぼんやりと思う。

目の前の相手は、本当に母だろうか。やけに弱々しく見える。

こんな小さな存在を恐れ、自分は長年、苦手意識を抱き続けてきたのだろうか。

気張って告白していただけに、改めてじっくりと見る母親の姿に拍子抜けする気分になる。

(ああ、そうか、年をとったのか。お母さんだけではなく、わたしも)

互いに時間が流れていたのだ。

今の自分は、諦めていたばかりの非力な子供ではない。

社会を知り、結婚をして所帯を持った大人なのだ。

ひとりぼっちで、耳を塞いで蹲っていた昔の自分ではない。

(わたしは今、お母さんの人生のおまけではなく、わたし自身の人生を歩んでいる)

そう思えるから。

(怖くはないんだ。もうなにも……)

そんな心境になったのは——きっと、維玖のおかげだろう。

彼とともに進む人生に、もう母親の影に怯える必要はないのだから。

「お母さん。新しいお義父さんと、誰かを傷つけるような喧嘩はもうしないで。今度こそは笑いの絶えない幸せな人生を送ってほしい。わたしはお母さんに復讐《ふくしゅう》したいわけじゃないの。もうあんなお母さんの姿は見たくないだけ」

「小春……私……」

「謝罪はいらない。すべては維玖と幸せになるために必要だったのだと思うようにするから」

母親はなにも言わなかった。なにも言えなかったのだろう。

今まで見えていなかった娘とのしこりを作ったのは、母自身だったという現実を認識したのだから。これからそれをどうするかは母次第だ。

しこりを残して見ぬふりをするのか、排除するのか。

(わたしは、ここまでが精一杯)

そして小春は義父に向いた。

困ったようにしている義父は、実父とは正反対の優しそうな男性だ。

「今までろくに顔を見せずにいてすみません。母はあなたと出逢い、ようやく女としての幸せを掴んだのだと思います。どうぞ母を、末永くよろしくお願いします」

頭を下げると、義父は言う。

「任せてくれ。小春ちゃん……もう二度と、きみを悲しませない。約束するから」

そして、よろけている母親の肩をしっかりと抱いた。

(いい人でよかった……。きっとお母さんを支えてくれるはず)

「ありがとう……ございます」

義父は小春に微笑みかけた後、維玖を見上げた。

「きみは、小春ちゃんの事情を知りながら、きみの口からそれを告げたり、責めたりはしなかった。こうして妻が自ら現実を知り、昔を省みる機会を与えてくれたことに感謝するよ」

「とんでもない。俺はただ……小春に乗り越えてもらいたかっただけですから」

維玖は小春を優しく見つめた。

「俺やここにいる同級生と共有したあの時間を、最高だと思ってくれればいいので」

「いっくん……。もうすでに……最高よ……」

小春は耐えきれずに涙を流し、花束に顔を埋めた。

「そうだよ、二年C組は永遠に最高さ！」

誰かが叫んで、皆が賛同の声を上げる。

沙智がこっそりと小春の耳に囁いた。

「一番最高なのは……小春のために動いた、いっくんかもしれないね」

小春は泣きながら破顔した。

「うん。いっくんは……最高の、極上旦那様よ！」

その声に囃《はや》し立《た》てる同級生たち。

微笑ましく見つめている義父と、次第に笑みを取り戻した母親。

その中で維玖は照れたように笑った。

◇・＊・◇・＊・◇

維玖が社長に就任してから、社内は活気づいた。

彼はルミエール・マリアージュの副社長や結婚カウンセラーも兼任し、さらにツキヤマツーリストでも社長をしている。

それだけでも超多忙な毎日を送っているのに、現場に立たなければ見えないものがあると、イベント企画促進部の部長の兼務まで始めた。

様々な立場で経験を積んでいる彼の多面的な思考は社員の刺激になるようで、維玖がフロアに現れただけで華やぎ、プロジェクトも士気が上がる。

社員の共通認識である新たな社訓は――〝諦めるな〟だった。

六月最後の週の金曜、維玖の歓迎会が行われた。

やり直したあじさいツアーの宴会で、維玖と飲み交わした男性社員たちは、その時の維玖の活躍ぶりを英雄だと称して盛り上げる。維玖もツキヤマツーリストに馴染んだようで嬉しそうだし、小春と彼が偽夫婦だと疑うものはない。

羨ましい夫婦だと皆に言われるほど、ふたりの仲は本物となっていった。

多可子は維玖から紹介されたセレブ男性と正式に付き合い始めたらしい。

『あんたといっくんを見てたら、無性に結婚したくなってきた。頑張る！』

偽装から始まった維玖との関係だったが、多くの人たちに認められて小春も嬉しい。

二次会も誘われたけれど、「これからは夫婦の時間」と維玖に言われた独身組たちは、夜空に吠えて「俺も結婚してやる！」と嫉妬するが、その前に相手に出逢わないと意味がない。

『ルミエール・マリアージュの婚活サロンに来ますか？』

麗しのカウンセラーがそう声をかけると、誰もが息巻いて来たがったが、会員登録料や相談料……その他諸経費の総額を聞いて、自分たちの力で出逢いを見つけることにしたようだ。

小春は、それらの費用を払わずに維玖に突撃した自分の無鉄砲さに青ざめた。

『きみは対価に、俺の願いを叶えてくれたじゃないか』

雇われだろうとも、恋人から婚約者、そして夫へ――。

『そして小春は昔を思い出してくれた。昔から愛してくれていた。それは……どんなセレブが金を出しても買えない、貴重なものだ』

夜空を見ながら、帰路を歩く。

しっかりと手を繋いで、笑い合い、キスをして。

中学時代にできなかったデートを堪能する。

初恋を満たすのはそこまでで、それからは大人の時間だ――。


「ひゃ、ああっ」

小春の嬌声が、マンションの浴室内に響き渡る。

「洗ってるだけなのに、随分と可愛い声を出すね」

小春は浴室のタイルに手をついて立ち、背後から回った維玖の両手で、泡だらけの胸をゆっくりと揉みしだかれていた。

細かな泡の感触が、いつも以上にもどかしい快感を告げてくる。

「ふふ、ここも洗わないと。俺がいつも舐めているところだ」

胸の頂にある蕾が、こりこりと強く捏ねられ押し潰される。

「ふ、ああっ」

「ああ、完全に勃ちあがって硬くなってきた。ぷるぷると揺れてたまらないね」

維玖は嬉しそうに言いながら、指先で両側の蕾を引《ひ》っ掻《か》くように刺激してくる。

「ああ、だめ……それ……」

甘い痺れが広がると同時に、連動しているかのように秘処がきゅんきゅんと疼き出す。

「どうしたの？　腰が揺れてるよ？」

「だって……」

「ふふ、甘い声を出しちゃって。小春が一番感じる部分は、念入りに擦ってあげる」

両足の隙間から熱くて硬いものが飛出し、それはゆっくりと小春の秘処の表面を往復する。

「や、ああ……」

わずかに掠める内股が、猛《たけ》った彼をリアルに感じて戦慄いた。

「ん……。小春……洗っているのに、気持ちいいね……」

吐息交じりの声が小春の鼓膜を震わせる。

「ボディシャンプーって、ぬるぬるしているんだな。すごくいやらしい音がしてる」

粘り気がある水音。

秘処を滑る彼の感触が段々と猛々しくなってくる。

筋張った表面も、反り返った部分も、硬い先端も。

「ああ、いっくんの……好き……」

愛おしくてたまらず、小春は背を反らしてうっとりと喘いだ。

半開きになった小春の唇を奪った維玖は、くねらせた舌先を絡め合せて腰を動かし、その動きに合わせてリズミカルに胸を揉み込む。

全身で感じる維玖の感触に酔いしれて、小春の声がさらに甘くなる。

「維玖、あのね……今日、つけないで」

「生でしたいの？」

「ん……維玖の、赤ちゃんが欲しいの」

すると剛直はびくりと震えて、ごりごりとした先端が蜜穴を掠める。

「あんまり俺を挑発しないで。すぐ、挿れたくなるから」

「挑発じゃなくて……。維玖の子供が欲しい。両親が愛し合ってできた子供だと……教えてあげたいの」

「小春……」

「欲しいの、ここに……いっくんの熱いの」

小春が腹を撫でると、維玖はふるっと震えた。

「作ろうか、俺たちの子供。ここに……注ごうか」

維玖の手が、腹を撫でる小春の手を包む。

それだけで、小春は甘美な声を漏らしてしまった。

「たくさん、たくさん……注いでいい？　きみが望んでくれるなら……俺、きみとの子供が欲しい。俺……どんな子でも見捨てず、きみの次に全力で愛するから」

蜜穴に掠めていた先端がぐっと押し込まれた。

「わたしの次なの？」

天を仰ぐ剛直が、少しずつ中に入って擦り上げてくる。

「そう。きみは……俺のすべてを捧《ささ》げた女性だから。だから、だから……」

ぐっと強く腰を押し込まれて、小春は呻くようにして背を反らした。

何度も馴染んだはずなのに、今日は一段と獰猛で自分の中に吸いついてくるようだ。

「小春、いくよ」

そして維玖は背後から抽送を始めた。

最初から容赦なく貫き、その激しさに小春は悲鳴を上げる。

「あっ、ああ、んんっ」

彼の情熱を感じ取った子宮が喜んでいる。

「気持ち、いい。維玖……気持ち、いいっ！」

「俺もだ……。はっ、ああっ。小春が根元まで絡みついているみたいだ。熱くて……蕩けそうだ」

切羽詰まったような上擦った声に、小春の身体がさらに昂る。

「わたしも。熱くて……ああ、いっくん、そこ……そこだめ……」

「ああ……く……っ」

耳元で聞こえる、維玖の感じている声はどこまでも官能的で興奮するものだった。

後ろからぎゅっと抱きしめられながら、質量と硬さを増した剛直にがんがんと奥まで突かれると、幸せでたまらなくなる。しかしあまりに押し寄せる快感が強すぎて、はくはくとしか息ができない。

「いい……？　出すよ、小春の中に……」

「うん、いっくん……ちょうだい。ああ、奥に……奥！」

掠れきった声でせがんだ直後、維玖が最奥を突いてふるりと震えた。

「ああ、イッちゃう……ああああっ」

「俺も……小春、小春……あああ、イ、く……っ」

熱い飛沫を感じた。

何度も何度も感じる維玖の熱は冷めることなく、維玖の呻き声もろともすべてを、小春は受け止めた。精を浴びるたびに、小春は歓喜の声を出してぶるりと身体を震わせる。

無意識に腹を撫でていると、維玖も同じく小春の腹を撫でた。

「小春、愛してる」

「わたしも……」

維玖が残した熱の余韻に酔いしれながら、小春と維玖はキスを繰り返した。


それから寝室に場所を移して、何度も睦《むつ》み合う。

精と蜜が蕩けた白濁液がシーツにまで溢れ出ても、さらに維玖は激情を注ぎ込んだ。

絶え間なく、愛を繋いでいく。

「ああ、もっと、もっと……！」

これだけ繋いでいても、飽きることがない。

維玖への愛情は未知数で、貪欲に求めてしまう。

「いいよ、俺の愛……すべて、きみに」

ひとりぼっちだった世界に、突如現れた彼。

『コハちゃん、僕がずっと一緒にいるよ』

「小春……ずっと一緒だ。もう……離さない！」

たとえ死がふたりを分かつとも、離れたくない。

離れていたくない。

『若宮維玖です。恋人の小春がいつもお世話になっております』

なにもないところから始まったはずの関係。

『俺は小春を愛している。長く恋い焦がれてきた末に、ようやく手に入った愛おしい女性なんだ。彼女を傷つけるものは全力で攻撃するし、彼女が守りたいものは全力で守る』

いつだってあなたは真剣に、愛してくれた。

『この傷を愛しいと思っても、気持ち悪いなんて思わないよ。思うものか。……俺が代わってやれればよかった。そうすれば辛い目に遭わずに済んだだろうに』

欲しい言葉をくれた。

『コハと小春を……ふたり愛したいから』

愛おしいという気持ちを、教えてくれた。

「いっくん、好き。好きなの……！」

小春は泣きながら、維玖を求めた。

「あなたに……会えてよかった！」

「小春……」

「あなたを好きになれてよかった！」

届けたい。

あなたを愛せた喜びを。

心に込み上げてくるこの感動を。

あなたが愛してくれた以上に、あなたを愛することを永遠に誓うから。

小春は上に覆い被さる維玖の背に爪をたて、彼の腰に両足を巻き付ける。

やがて、やってくる快楽の果て。

強制的に押し上げられる、無の……白の世界。

景色から維玖が消えるその直前、強く繋がれた手から流れる熱が、腹に宿った気がした。

どこかで声が聞こえてくる。

『パパ、ママ』

顔もわからない、だけど声だけで愛おしくなる存在はただの幻聴?

うっすらと目を開くと、維玖が微笑んでいた。

「小春……。なんだか今、子供の声が聞こえたかもしれない」

「え?」

「『パパ、ママ』って。本当になるといいな。愛する小春との子供が、生まれてきますように」

維玖が小春のぺったんこの腹に耳をあてた。

途端に、小春の腹の虫が騒ぎ出す。

一度ではない。しつこいくらい、何度もだ。

「ご飯食べて帰ってきたのに。なんで……なんで今になって!?」

維玖が声をたてて笑った。

「俺が聞いた声って、小春のお腹の虫かな？　それともまさか俺たちの子供が……」

「へんなこと言わないで。わたしたちの子供は、いっくんに似て世界一可愛い子なんだから！」

「ふふ、そうだね。コハちゃんに似て世界一可愛い子だ。そんな我が子を育てて……世界一幸せな溺愛家族になろう」

維玖に引き寄せられた小春は、彼の胸に顔をつけて笑顔で頷いた。

「俺たちはもう……溺愛夫婦だけどね」

「本当にね」

笑い合い、幾度もキスを交わし合う。

いつだって彼とのキスは蕩けそうで身体がきゅんとする。

どこまでも甘やかに、維玖は微笑んだ。


「愛してるよ、小春。昔から」

「わたしも愛してる。昔から……」


過去から現在、そして未来へと、ひとつに繋がるのは真実の愛。

どんな困難があっても、諦めずに前を向こう。

大好きなあなたと手を握りながら、輝かしい未来に向かって。

あとがき

はじめましての方、お久しぶりの方。

このたびは拙著『偽装恋人として雇った友人が実は極上御曹司でそのまま溺愛婚!?』をお手にとっていただき、ありがとうございました。

ルネッタさんでは三冊目の書き下ろしとなります今作は、前作と同じく、夫婦になってから始まる恋物語ですが、結婚カウンセラーをしている元同級生の御曹司、維玖がヒーローです。

ヒロインの小春は、部下の性悪社長令嬢と元彼上司の裏切りを受け、彼らを見返してやりたいために、セレブな恋人を用意しなければいけなくなり、その手配を頼んだのが維玖でした。

しかし当日現れたのは維玖本人で、あれよあれよという間に結婚することに。

維玖のことをまったく思い出せない小春と、小春をもう逃さないために先手を打って囲い込みに来る維玖。執着系溺愛御曹司との攻防戦を、楽しんでいただけたら幸いです。

また今作では他レーベルに出ている、かつんかつんと杖を鳴らす頑固老人が登場します。椿が好きな彼の友人とは誰か、それもわかりましたらかなりの奏多通！（笑）　この偏屈老人を納得させるために奮闘する可哀想なキャラたちを、応援くだされば嬉しいです。

今作の全体テーマは「繋ぐ」。

人と人、人と場所、人と思い出……恋や仕事を通して、ばらばらだったものがひとつになってほしいと願いを込めさせていただきました。

今年は新年から災害が続き、どこか不穏さを漂わせた世の中ですが、皆で心をしっかりと繋いで、団結して未来を切り拓くことができたら……と思わずにいられません。

皆様の心に、なにかひとつでも残るものがありましたら、幸いです。

最後になりましたが、書籍刊行にあたり、ご尽力くださいました方々に、御礼申し上げます。

担当者様、出版社様、デザイナー様、出版に関わってくださったすべての方々、いつも応援くださる方々。皆様のお力添えがあり、素敵な本に仕上げていただくことができました。

心より感謝いたします。

そして表紙イラストをご担当くださいました、小島きいち先生。今にも動き出しそうな躍動感ある美麗なイラストをいただき、どうもありがとうございました。

そして、本書を手に取ってくださった皆様に、最大なる感謝を添えて。

またお会いできることを祈って。

奏　多

ルネッタ🄻ブックス

偽装恋人として雇った友人が実は極上御曹司でそのまま溺愛婚!?

2024年4月25日　第1刷発行　定価はカバーに表示してあります

著　者　奏多　©KANATA 2024
発行人　鈴木幸辰
発行所　株式会社ハーパーコリンズ・ジャパン
東京都千代田区大手町 1-5-1
04-2951-2000（注文）
0570-008091　（読者サービス係）

印刷・製本　中央精版印刷株式会社

Printed in Japan ©K.K.HarperCollins Japan 2024
ISBN978-4-596-54041-6

※この作品はフィクションであり、実在の人物・団体・事件等とは関係ありません。